妖琦庵夜話

顔のない鵺

榎田ユウリ

角川ホラー文庫
22102

妖琦庵夜話《ようきあんやわ》

顔のない鵺

人物紹介

洗足伊織《せんぞくいおり》
妖琦庵の主で、茶道の師範。“ヒト”と“妖人”を見分ける能力を持つ《サトリ》。非常に鋭い観察力の持ち主で、記憶力もずば抜けている。気難しく、毒舌家。

脇坂洋二《わきさかようじ》
警視庁妖人対策本部の刑事。甘めの顔立ちをした、今時の二枚目。事件を通じ、マメと友人になり、洗足家に出入りするようになる。

鱗田仁助《うろこだにすけ》
警視庁妖人対策本部に所属。

東京の下町生まれで、現場叩き上げのベテラン刑事。年の離れた相棒の脇坂に戸惑いもあったが、順応しつつある。

小鳩《こばと》ひろむ
女性弁護士。小柄で可愛らしい外見だが、時に辛辣。正義感が強く、場の空気を読むのは苦手。過去に弟を亡くしている。

青目甲斐児《あおめかいじ》
女性ならば誰しもが惑わされるほどの美丈夫。他者を騙し、時には平然と手にかける。

夷 芳彦《えびすよしひこ》
伊織の家令（執事的存在）。《管狐《くだぎつね》》という妖人。特定の家に憑き、災いをなしたり、逆に守ったりするとされている。容姿は涼しげな美青年風だが、実年齢は不詳。

弟子丸《でしまる》マメ
伊織の家の、不器用な家事手伝い。純粋で涙もろい。

見た目は少年だが、すでに成人ずみの幼形成熟《ネオテニー》型妖人。《小豆とぎ》なので、動揺すると小豆をといで心を落ち着かせる。

甲藤明四士《かつとうあきよし》
妖人《犬神》。主を強く求める傾向があり、伊織の弟子になりたがっている。マメの危機を救ったことで、洗足家への出入りを許されつつある。

よーく、考えて。

じっくりと、慎重に、検討してみよう。なに、これはただの遊び、思考ゲームみたいなものだ。でもそこから見えてくるものは、なかなかに興味深いよ。だからどうかおざなりにせず、熟考してほしい。

あなたは一度死んで、生まれ変わろうとしているところだ。

目の前に神様が立っている。眩《まばゆ》い光に包まれて、こうおっしゃる。次の人生を選ばせてあげましょう、と。選択肢はふたつ。どちらかは選ばなければいけない。どっちも嫌、は認められない。

悲しく残酷な事件の、被害者の家族。

あるいは、

悲しく残酷な事件の、加害者の家族。

さあ、どっち？

自分の家族が他人を傷つけるなんて耐えられないから、被害者の家族を選ぶ？

なるほど。でも本当にそれでいい？

血を分けた肉親が、酷《ひど》い目に遭うんだよ？

死んでしまうか、あるいは死んだほうがましというくらい痛めつけられるんだよ？

あなたにはとうてい救えないし、慰めの声も届かない。

為《な》す術《すべ》もなく、あなたは絶望に沈むだろう。

自分の家族が傷つくのは耐えがたいから、加害者の家族のほうがまし？

なるほどね。本当にそっちでいい？

あなた自身はなにもしていないのに、まるで犯罪者のように見られるよ？

被害者とその家族からだけじゃない。事件になんの関係もない人達まで、あなたを指さして糾弾し、憎悪する。なにしろ被害者は死んでるか、死んだほうがましという目に遭ってるんだ。償いなんか不可能だし、謝罪の思いも届きはしない。

為す術もなく、あなたは絶望に沈むだろう。

考えたくない？

こんなゲームは嫌だ？

そんなこと言わないで、ただのゲームだ。楽しくやろうよ。

ゲームでよかったじゃないか。今のところはゲームなんだもの。

もちろん、ある日本当にそうなる可能性の中で、僕たちは生きているんだ。今日のこの安寧が、明日も続く保証なんかどこにもない。みんな目隠しをしたまま、大きな広場を闊歩《かっぽ》しているつもりで、知らないうちに断崖《だんがい》まできている。鼻歌を歌いながら次の一歩を踏み出して、でもそこにはもう地面がない。

そんなふうに、突然なるんだ。

突き落とされるみたいに、なってしまうんだ。

被害者の家族や、加害者の家族に。

だから、ほら、想像してみようじゃないか。

さあ、どっち？

記憶　1

眠りを妨げるほどの雨風は、明け方前に去って行った。古い家の、重たい雨戸をゴトゴトと開けると、庭には清浄な光が射している。春嵐に濡《ぬ》れた木々の緑は濃く、小振りな植木鉢がいくつか転がってしまっている。そこそこ重さはあるから大丈夫だろうと思っていたが、やはり屋内に入れておくべきだった。

いけない、息子が大事に育てているミニバラの鉢は？

裸足《はだし》に右近下駄《げた》をつっかけると、すっかり濡れていてひやりとする。構わずそのまま庭を進んだ。ざっと見たところ、ミニバラの鉢はない。細やかな気遣いのできる子なので、ちゃんと玄関内に避難させたのかもしれなかった。

転がった鉢をひとつ拾って顔を上げた時、あの子を見つけた。

息子ではなく、あの子だ。

白山木の陰にいたので、気がつかなかった。こちらを見つめたまま、身体を硬くしている。薄青いパジャマのまま、裸足で土を踏んでいた。

ああ、この子の庭サンダルを買ってあげなければと気がつく。

「おはよう」

小さな声で言った。大きな声を怖がるのだ。

「……よう」

擦《かす》れた返事に安堵《あんど》する。この子が家に来て一年近く経ち、ある程度の会話はできるようになってきた。それでもまだ緊張が窺《うかが》える。恐らく、この子は大人の女が怖いのだ。けれど息子にはだいぶ気を許していて、時には笑みも見せている。

小さな手に、なにか持っている。

両手で包むようにしているのは小鳥だった。雀。昨夜の風に煽《あお》られ、どこかに打ちつけられたのだろうか。ぐったりと力ない。

「落ちてた」

か細い声が言う。見せて、と頼むと両手をツイとこちらに差し出す。

雀はまだいくらか温かいが、ピクリとも動かない。可哀想に、これはもう助からないだろう——そう思って眉《まゆ》を寄せた時、

「殺す？」

小さく、囁《ささや》くように、そんなことを聞く。私は首を横に振った。

「殺してはいけないよ」

「どうして？」

「それはまだ、死んでいないから」

その子はきょとんとした顔を見せた。私の言っていることを理解していない。『生き物を無闇に殺してはならない』というルールを、教わっていないからだ。

雀を顔に近づけ、クン、とにおいを嗅《か》ぐ。まるで生死を確かめるように。それは獣の野生を思わせ、だからこそ無垢《むく》な仕草でもあり、私を戦慄《せんりつ》させた。この子にどう教えたらいいのだろう？　死にかけた小鳥の命であろうと、それを奪ってはいけないのだと、どう説明すればいい？　ほんの一年前まで、母親によって——ほとんど殺されかけていたような、この子に。

「おっかさん」

縁側から息子の声がする。私たちを見つけると下駄に足を入れ、カロン、と沓脱石《くつぬぎいし》を鳴らして庭に降りてくる。息子はとても軽やかに動く。

「カイ？　なに持ってるの？」

透明な声でそう聞いて、弟の手のひらを覗《のぞ》き込む。動かない雀を見て、息子は途端に悲しげな顔になった。

「死んじゃった……？」

「まだだけど……あ」

刹那《せつな》、雀は小さく震え、ぐったりと完全に脱力した。

「いま、死んだ」

ぼそりと言い、その子は息子に雀を差し出す。息子は両手で小さな器を作り、雀の死骸《しがい》はころんとそこに収まった。

息子の綺麗《きれい》な目……私が封じなかった右目から、ぽろぽろと涙が零《こぼ》れる。もう六年生になろうというのに、感受性の豊かさは変わらない。雀を両手でそっと包み、胸にひきよせ、しゃくり上げながら、さめざめと泣く。そんな兄を弟は不思議そうに見ていたのだが、やがて無言のまま、雀の死骸を兄から奪い取ってしまった。

「カイ？」

涙に濡れた顔が、驚いて弟を見る。

雀は地に落とされた。

叩《たた》きつけられた、と言ったほうが正しい。息子はもはや、身を竦《すく》めてしまっている。

その子は地面の雀を睨《にら》みつけている。

彼が初めて見せた強い感情――それは嫉妬《しっと》だった。

一

「ああ、やはりこの紫に惹《ひ》かれますね。草木染ならではの渋い色合いです」

「そうかい」

「反物で見てると地味ですが、仕立てればモダンな雰囲気になると思うんですよ」

「そう」

「大島《おおしま》は泥染めの深みも捨てがたいですが、春ものならば軽やかさが欲しいかなと。やはり季節感は大切ですから」

「そうだねえ」

「結城紬《ゆうきつむぎ》のほうが、柔らかさはあるんですよね……こちらいかがです？　白地に絣《かすり》の模様が出て、春らしいし、品がよくてお似合いかと。ただ、先生は細いし、なで肩ですからね。生地に多少の張り感が欲しいところです。ああ、牛首紬《うしくび》という手もあるのかな。あれなら丈夫ですし。そうだ、せっかくですから御召《おめし》も新調しておきませんか？　西陣《にしじん》の無地で……え、本塩沢《ほんしおざわ》にいいのが入ってる？　それはぜひ見たいですねえ」

すぐにお持ちします、と店主がいそいそと奥へ引っ込んでいった。

ほぼ同時に「ふぅ」と小さな吐息が聞こえ、夷芳彦《えびすよしひこ》は横にいる主《あるじ》を見る。むろん主は芳彦の視線に気づいたはずだが、あさっての方向を見て茶を啜《すす》るのみだ。

「先生、もう飽きましたか」

「いいや？」

「今、ため息が聞こえましたが」

「空耳じゃないかい？　まあ、ちょっと疲れたかもしれないがね」

小上がりに腰掛けたまま、主はしれっと言った。まだ一反だって当ててはいないのに、疲れるはずがない。単に面倒くさいのだ。もっとも、呉服屋に来ると主はいつもこんな調子なので、芳彦も慣れっこだ。自分の着る物にもう少し興味を持ってほしいと思うが、こればかりは性分なのだから仕方あるまい。主が頼りないならば、家令たる自分がきっちり選べばいいのである。ふわふわと視線を浮かせ、珍しく集中力に欠いている主を横目に、芳彦は反物を候補順により分けていく。

「……あたしはそのへんで、ちょっとコーヒーでも飲んで来ましょうかねえ。寸法はもうわかってるんだし、あとはおまえのセンスで選んでくれれば……」

「いけません」

きっぱり言い返すと、片方しか見えていない眉をやや下げて「だめかい？」と聞く。

「だめです。どなたの着物だと思ってるんですか。ちゃんとあててみないと、顔色との相性がわかりませんからね。先生はブルベ色白のウィンターですから、基本、クリアな色が似合うはずですが、和服となるとまた少し違ってきますし」

「ブル……？　なんだいそれ」

「ブルーベース。肌の色味ですよ。私はイエローベースよりなんですが」

「もしやきみは、芳彦の皮を被《かぶ》った脇坂《わきさか》くんなのかい」

「ご明察。確かに脇坂さんからの請け売りです。なんでも、彼はパーソナルカラー診断の資格を持ってるとか」

「あの男は警視庁より、伊勢丹《いせたん》の化粧品《コスメ》カウンターに置いておくのがよさそうだ」

呆《あき》れたように言い、小さく笑った主だが……その笑みはすぐに消えてしまった。

本当に、あっという間だった。

けれど芳彦はそれに気づかないふりをする。主もまた、芳彦の気づかないふりに気づいていながら、見過ごして茶を啜る。二人で断崖《だんがい》絶壁のギリギリを歩いていながら、下を見ようともせず、長閑《のどか》な散歩のふりをしているようなものだ。

「そろそろマメの着物も新調したいですね」

「それはいい。背丈も伸びたことだし。お茶席用のを誂《あつら》えたらどうだろう。我が家の紋が入ったら、あの子は嫌がるかな？」

「まさか。むしろ恐縮するでしょう」

「あの子はいつまでも遠慮深いからね……。いっそ今日連れてくれば良かったよ。あたしの着物なんか何枚もあるんだし、先にマメのを仕立てるべきなんだ。染め抜き三つ紋の御召に……袴《はかま》は縞《しま》のほうが似合うかな。無地だと少しつまらないからね」

「ご自分のもそれぐらい真剣に考えてくれると助かるんですがね」

チクリと言うと、やや決まり悪そうに「あたしはいいんですよ」と返し、

「お前のほうが、あたしに似合うものを知ってるじゃないか」

そんなふうに続けた。その言葉は事実でもあるが、同時に芳彦を心地よくさせることもわかっての台詞《せりふ》である。まったく、悪い人だ。

洗足伊織《せんぞくいおり》。

出会った時はほんの少年だった、芳彦の主。

《サトリ》として生まれ、安穏と生きていくにはあまりに特別すぎる能力を持っていたため、左目を母親に封じられたこの人は——残った瞳《ひとみ》で、いったい何を見ているのだろうか。その右目に、世界はどう映っているのだろう。

喜びと、悲しみ。

愛と憎しみ。希望と絶望。赦《ゆる》しと……断罪。

この人はなにもかも見えすぎる。目に映るものだけの話ではない。聞こえる囁《ささや》き、

肌に感じる気配、他者に共鳴しがちな精神。そんなに敏感では、どれほど生きにくいことか。この人が強い理性と自己制御能力を持っているのは、そうしないとただ生きて行くことすら難しいからなのだ。

事件続きのこの数年、芳彦はことさら強くそう思う。

「お待たせいたしました」

反物を抱え、店主が戻ってきた。

七十前後の彼は畳に座りながら「おや、お茶がすっかり冷めて。申しわけありません、すぐに替えを」と別のスタッフを呼ぶ。ありがたいことだ。肌寒いので、伊織に温かいお茶を飲ませたいと思っていた。小上がりは店の奥だが、どこからか隙間風が忍び込んでくるらしい。

「暖房も強くいたしましょう。どうにも冬らしくない気候と思っていましたが、なんのなんの、今朝からグッと冷え込みましたなあ……まあ、二月でございますからね、寒いのが当然なんでしょうが、油断していただけに老骨に応《こた》えますわ。さて、いかがでしょう、お師匠《しょ》さん。これなんか、いい感じにシボが出ております。こちらの亀甲《きっこう》紋は色味がしっくりくるんじゃないかと……」

店主が伊織を「お師匠さん」と呼ぶのは、事実、茶の湯の家元だからだ。ほとんど弟子を取らないせいで、もはや風前の灯火《ともしび》の流派だが、本人は頓着《とんちゃく》していない。

ただし、流派が消失しても、茶室だけは残したいという思いはあるようだ。広くはない庭に古色蒼然《こしょくそうぜん》と佇《たたず》む小さな庵《いおり》は、いつ誰が建てたものかもわからない。母屋より先にあったとも聞くが本当だろうか。

伊織はそこで生まれた。つまり産屋でもあったのだ。

その昔、産屋と呼ばれた出産のための小屋は、穢《けが》れを忌み、隔離目的に使われていたという。しかし、この場合は違うだろう。伊織の母、洗足タリにとってあの空間は聖域だった。だからこそ、出産の場として選ばれたのではないか。

その茶室の名を、妖琦庵《ようきあん》という。

結局、反物はすべて芳彦が選んだ。

それでも白地に蚊絣《かがすり》の本塩沢は、伊織も気に入っていたようだ。いつも頼んでいる和裁士が多忙とのことで、少し時間がかかると言われた。出来あがる頃には春めいているはずだ。

「近々、マメも連れて行くとしよう」

「はい。きちんと採寸してもらいましょう。マメは《小豆《あずき》とぎ》にしては大きくなりましたね。とくにこの一年、背が伸びて」

妖人《小豆とぎ》は幼形成熟型《ネオテニー》であり、成人になっても子供の体型に止《とど》まる場合が多い。もちろん個人差があるのだが、マメも数年前までは一見すると十二、三歳程度にしか見えなかった。それが今では高校生くらいの見た目になっているので、まさしく急成長といえる。

「あの子は今年で……二十三、かい」

伊織の言葉に芳彦は「ええ」と頷《うなず》いた。

「精神的にもずいぶんしっかりして……毎月バイト代から食費を渡してくれるんですよ。いらないと言っても聞かないし、たまに頑固なのは先生に似たんでしょうかね……。一応受け取って、あの子の名義で預金しています」

「それがいい。……時に芳彦、おまえはいくつになるんだった？」

「教えません。年寄り扱いされたくないので」

「おまえの一族も若作りだからねえ……初めて会った頃から、ほとんど変わってないじゃないか」

芳彦は《管狐《くだぎつね》》である。

これぞという主《あるじ》に出会い、一生を捧《ささ》げて仕えることを喜びとする特性を持つ妖人だ。ネオテニー型ではないが成人後の老化が遅く、身体能力も衰えにくい。ただし、個として生きるのが難しく、主への精神的依存があまりに強いため、仕えるべき主が見つからなかった《管狐》は時に心を病んでしまう。洗足伊織という主を得られた芳彦は非常に幸運なのだ。

「私は変わらずですが、先生はとても立派になられました。よく覚えていますよ、初めて会った時のことを。触れれば消えるかという儚《はかな》げな美少年だったのに……いまや警視庁でも取扱注意とされるほどの毒舌家になられて……」

「褒めてるのかいそれは」

「褒めていますとも」

答えながら少し笑ってしまったので、半分は冗談だと伝わっただろう。けれど残りの半分は本気なのだ。

芳彦の唯一無二の主である点以外にも、伊織は特別な存在だ。《サトリ》として、ヒトと妖人の違いを見抜く——それが警察に協力を要請される所以《ゆえん》にもなっている。遺伝子検査を用いなければ判定できない、ほんの僅《わず》かな違い……それをこの人は、どんな形で捉《とら》えているのだろう。

また、伊織は妖人たちの持つ特性も識別できる。

それはかつて【徴《しるし》】と呼ばれ、現在の行政上では【属性】と呼ばれている。たとえば、芳彦は《管狐》、マメは《小豆とぎ》という【徴】を持って生まれ、そういう【属性】に分類されているわけだ。《サトリ》として明晰《めいせき》な観察力を備える伊織だが、同じ血が流れる者に対しての感応度は下がるらしい。

「先生は私たちを……妖人たちを守り、力になってくださってます。母上のように」

「どうだかね」

そう返す伊織の声は、いまひとつ張りがない。

『妖人』という言葉もなかった頃から、人と違う特性を持ち、世間に馴染《なじ》めず苦しんでいた人々は多く存在していた。洗足タリはそんな人々から慕われ、相談に乗り、陰《かげ》日向《ひなた》になり支えてきた人だ。若くして母を亡くした伊織は、その役割を引き継ぐこととなった。孤独の中で重責を担い、二十歳の頃にはもう不惑のような落ち着きを身につけていてたものだ。

「おっかさんには、到底及びませんよ」

伊織は呟《つぶや》き、冷たい風に首を竦《すく》める。二重回しの鳶《とんび》コートを着ているが、それでも寒そうだ。ウールのショールが必要だったかもしれない。芳彦はセーターにコートという洋装である。主とともに和装で歩くのも趣深いと思うのだが、それよりも動きやすさを重視せざるを得ない。なぜならば……。

「先生！」

躊躇《ためら》わず、主を突き飛ばした。

急襲から守るためには仕方なかった。二人が歩いていたのは、住宅街を縫うように走っている、人通りの少ない細道だった。それでも都内の、しかも日中である。襲われる想定はしにくい。だとしても、背後から近づく不審者の気配を覚《さと》れなかったのは、明らかに芳彦の落ち度だ。

「うわぁ、あぁ、あああ！」

悲鳴をあげながら刃物を――鉈《なた》を振り回す相手を視認する。

六十歳前後に見える男で、動きはめちゃくちゃだった。おそらくはなんの訓練も受けていない素人《しろうと》であり、それゆえに次の動きが読みにくい。しかもその挙動、くすみきった顔色、充血した目からして、正気を失った状態なのがわかる。芳彦はすでに間合いを取り、鉈の届く範囲には誰もいないというのに、やたら滅多に振り回している。

「わ、わたしはぁっ！」

自分のスイングで自分をぐらつかせ、男は上擦った声でなにか言っている。

「私は、リセイの、ツミを知るっ、シシンだ……っ！」

意味の取れない叫びの後、男は顔を道の端に退避していた伊織に向けた。

再び鉈を振り上げる。

だがそうはさせない。もう一歩だって主には近づかせない。

芳彦は一陣の風のごとく間合いを詰め、体を低くして男の足を蹴《け》り払った。その動きに対応できなかった男は、実にあっけなく転倒し、鉈を落とす。惨めな呻《うめ》き声が聞こえ、男が顔を上げた。何度見ても、やはりまったく見知らぬ顔だった。

どうしてくれよう。

鉈などで、我が主を傷つけようとは。

血が熱くなる。自分の中で野蛮な衝動が高ぶるのがわかる。

次の一撃をその顔面に蹴り入れることに決め、芳彦は軸足に体重を乗せた。炊事も洗濯も苦ではない芳彦だが、最も得意とするのはやはりこれなのだと実感した。主を守ること。そのためならば恵まれた身体能力を存分に発揮し、暴力も厭《いと》わないこと。

靴の裏がザリッとアスファルトを踏み込んだ時、

「芳彦、いけない」

伊織の制止に、身体の動きが止まる。

主の命は《管狐》にとって絶対だ。ただし、主の命がかかっている場合はその限りではない。だとしたら芳彦はこの男を叩《たた》き潰《つぶ》すべきだろう。殺さないまでも、立ち上がれないようにしなくては。たとえ正気を失った素人であろうと——いいや、そういう輩《やから》こそ恐ろしい。逆上してなにをしでかすかわからない。

ほら、懲りずに立ち上がって、鉈を探しているではないか。

「芳彦」

再び、伊織に呼ばれる。もし芳彦が本物のキツネだったなら、耳だけが主のほうを向いたことだろう。視線は獲物から離さない。

主はやめろと言っている。相手はもう無力化していると。悪いのは口だけの、優しい人だからだ。けれど芳彦の嗅覚《きゅうかく》は、男が放つネガティブな臭いをいまだ感じていた。敵意、恐怖、混乱——芳彦が離れた位置まで蹴飛ばした鉈を、ようやく見つけ凝視している。

「うわっ、な、なに!?」

ふいに声がした。道沿いの小さなビルから出てこようとしたスーツの男が、この状況を見て驚いたのだ。慌てて踵《きびす》を返し、ビルの中に戻っていく。

刹那《せつな》、男の目つきが変わった。

泥のようにただ黒いだけだった瞳《ひとみ》に小さな光が生まれる。

「あ……あ、あ……」

震えながら、数歩後ずさる。

鉈を拾うことなく、芳彦に無防備な背を向けると、よたよた走り出した。

芳彦は追おうとして、やめる。

相手を捕まえ、何者か突き止めたいところだが、これ以上の騒ぎは目立ちすぎる。なにより、伊織をひとりにするわけにはいかない。

「お怪我は」

主のもとに駆け寄り、まずそう聞いた。

「大丈夫だよ」

伊織はそう答えたが、手のひらのつけ根が少し擦りむけていた。芳彦が突き飛ばした時、コンクリートの塀にぶつけたらしい。

「血が」

その赤を舐《な》め取ってしまいたいと思うのも、やはり《管狐》の血のせいだろうか。もちろん、自粛するだけの理性はあるので、ハンカチを渡して「申し訳ありませんでした」と謝罪するのみにしておいた。

「鉈で切られるよりだいぶマシだ」

「先生、今の男に見覚えは」

「ないね。まったくない。……ここを離れよう」

芳彦は頷《うなず》く。先ほどの目撃者が通報している可能性があるからだ。

こちらは被害者であり、なんら後ろ暗いものがあるわけではないが、それでも伊織は警察の介入を嫌う。ここ最近は一際そうだった。

足早に、だが不自然にならないように歩き出す。

鉈はその場に放置したままだ。男は手袋をしていたから指紋はついていないだろう。

「正気ではなかった。何者かに暗示でもかけられてたかな」

伊織が言った。

「青目《あおめ》でしょうか。あるいは……」

「まだわからない。判断するにはあまりに材料が少なすぎる」

「さきほどの男はヒトでしたか？」

「妖人《ようじん》ではなかったね。……私は、リセイのツミを知るシシンだ……」

伊織が呟く。男の口にしていた、意味不明のセリフだ。

「リセイは理性、でしょうか」

「理性の罪、かい？　ではシシンは……指針……繋《つな》がらない……私心、至心……いや、固有名詞なのか……？」

しばらく考えていた伊織だが、やがて「いずれにしても」と芳彦を見た。

「このことは当面、誰にも言わないように。マメにもね。嫌な感じがするからこそ、慎重にならなくては。下手にこちらが動けば……」

相手の思う壺《つぼ》だ。

最後まで言葉にしなかった伊織だったが、充分に伝わってきた。

芳彦は頷き、ほどなくふたりは大通りに出て、雑踏に紛れる。

「やだ、もう、なんか寒すぎだし！　今年はもうこのまま春かと思ってたのに！」

若い女の子が手に息を吐きかけながら、友達に嘆いている。

本当に、寒い。

冬空はずしんと暗く、靴裏から寒さが這《は》い上がってくるようだった。

二

「白菜です！」

「見りゃわかりますよ」

つれなく返され、脇坂は「ですよね！」とそれでも笑みをキープした。

そうなのだ、白菜だ。

まったくもって、どこからどう見ても白菜にほかならない。間違えようもない。すごい存在感だ。いくつもの白菜がゴロゴロと、洗足家の玄関を埋めんばかりに転がっているのである。

「過ぎたるは及ばざるがごとし――脇坂くん、きみは我が家を漬物屋にしようっていうのかい。いったい何玉持ってきたんだ」

「えっと……十二玉、ですね……。いえ、その、もちろんこちらがお漬物屋さんじゃないのは承知しています。正直に申し上げれば、縋《すが》るような気持ちで、一ダースの白菜と共にタクシーに乗ってまいりました……」

項垂《うなだ》れ、脇坂は白状する。

「実のところ、届いた時は二十玉あったんですよ。どうにかここまでは減らしたんですが、もう、引き取り手が思いつかず……」

「職場で分ければいいじゃないか。おたくは大きなカイシャでしょうが」

「先生……刑事に自炊する時間はありません……」

「ほう、そうかい、うちの家令は暇そうだってことだね？」

チクリと言われ、「ま、まさか」と脇坂は慌て、上がり框《がまち》に膝《ひざ》をぶつけて軽く呻《うめ》く。

まだ家に上がる許しはもらえていない。

「痛……っ、そ、そういうつもりはありません！　確かに夷さんなら、きっとおいしく調理してくださるとは思いましたけど、暇そうだなんて間違っても……っ」

「やれやれ、芳彦も舐められたものだ……」

「いやいやいや、思ってませんってば！」

「私がどうかしましたか？」

件《くだん》の家令、夷芳彦が顔を出し、脇坂はさらに焦った。

「芳彦、脇坂くんがおまえの家事労働を増やそうと、白菜を持ってきてくれましたよ」

「これはこれは……。保存方法や献立を考えるだけで大変そうだ。まさに怒濤《どとう》の、名もなき家事……」

「あ、あの、お手伝いしますので！」

「そうですか。手伝ってくださると」

夷は口元をにっこりさせたが、切れ長でつり気味の目はちっとも笑っていない。

「手伝うとは、『人が行う物事に力を添える』という意味ですね。つまり、その仕事を主に行うのは他者であり、そこに手を貸すのが『手伝う』です。自分の仕事だとは認識していないのです。それゆえに『手伝う』という言葉は、『ちょっくら手伝う』とは『ついでに手伝う』というような使い方をされがちなんです。『がっつり手伝う』とはまず言わない。なぜなら、それはもう『手伝う』の範疇《はんちゅう》を超えているからです。作業の当事者たる自覚が生まれたら、人は『手伝う』という言葉を使いはしないんですよ。……ともあれ、ありがとうございます、脇坂さん。これほどの大量な白菜を持ってきてくれたあなたが、知らないうちに大量白菜消費プロジェクトの責任者となったらしい私の、お手伝いをしてくださるとは！　なんて親切なんでしょう！」

「そ……ちが……ぼ……」

この寒いのに背中に汗をかき、脇坂は口をパクパクさせた。なにか言わなければと思うのだが、これ以上下手な言い訳をして、火に油となったら……それこそ大惨事である。洗足の説教にはだいぶ慣れ、そこそこ耐性もついてきたと自負している脇坂だが、家令である夷にぴしゃりとやられたことはあまりなかった。

さすが、この主《あるじ》にしてこの家令ありである。というか、考えてみれば、洗足に唯一お説教できるのが、夷なのだ。なぜそれを失念していたのだろうか……。

「わかったかい、脇坂くん。うちの家令を怒らすとこうなるんだよ」

どこか満足げに洗足が言った時、「先生も先生です」と夷が矛先を変えた。

「え」

「どうして、大量の白菜イコール私の家事労働になるんです？　確かに私は日々のハウスキーピングを担当していますがね、それだけでかなり忙しいことは、見ていればおわかりですよね？　こういった突発的な作業《タスク》に関して、率先して自分が対応するという発想はないんでしょうか。マメならすぐに『一緒にやりましょう』と言ってくれますよ？　あるいは『僕がやるので、指示して下さい』かもしれません。それなのに先生ときたら、私の漬物に『ちょっと酸っぱい』『ちょっと浅い』『刻みユズがあるともっといい』みたいなことはおっしゃるくせに、今まで一度だって、漬物樽《だる》に手を入れたことがおありで？」
ズ、と夷が一歩洗足に迫り、洗足はそのぶん後退した。
「わ……」

「なんです？」

「悪かったよ」

「べつに謝罪が欲しいわけではありません」

「だとしても、悪かった。白菜は、その、一緒に」

「漬けてくださると？」

「うん」

優秀すぎる家令は洗足をしばらく見つめ、それからやや気まずい表情を見せ、

「そうしていただけると、嬉《うれ》しいですね」

と口調を緩めた。さらに、「すみません。言い過ぎました」と謝り、ため息をひとつ零《こぼ》す。そして改めて、自由に転がり放題の白菜を眺め、

「マメのバイト先に持っていったらどうでしょう」

と提案してくれた。なるほどそれは素晴らしい思いつきだ。マメが有償スタッフとして働いてる子供食堂なら、おおいに役立ててくれる気がする。

「あそこなら、十玉くらい楽に消費してしまうでしょう。家では二玉、いただきます。ひとつは漬物に、もうひとつは鍋《なべ》ものにでも」

「はい！　ぜひ！　僕、今から食堂に白菜を持っていきます！」

「急がなくても、連絡すればボランティアさんが車で取りに来てくれますよ。家庭菜園をやっているおうちからも、時々野菜をもらったりしているそうですから。ねえ、先生」

洗足が頷《うなず》き、「マメに連絡してもらえばいい」と言う。

「今図書館に行っているが、そろそろ帰ってくるでしょう」

「ありがとうございます！　助かります」

それから三人で、白菜を玄関の隅にきれいに並べ直した。夷は二玉を抱えると、台所に向かい、途中で振り返って「お茶を淹《い》れますから」と脇坂に言ってくれる。上がってよい、という意味だ。

「あ、はい」

脇坂は返事をした後、遠慮がちに洗足を見た。渋い顔のままだったが頷いてくれたので、こちらの許可も取れたわけだ。やっと靴を脱ぎ、きちんと揃える。

「きみのせいであたしまで怒られたじゃないか」

茶の間に向かう途中、洗足がボソリと言うものだから、脇坂はもう少しで笑い出しそうになり、我慢するのにかなり苦労した。

その晩、洗足家の献立は白菜鍋となり、脇坂もご相伴に与《あずか》った。

白菜の葉の間に豚の薄切り肉を挟み、層状にして煮込むミルフィーユ鍋である。洗足家ではさらにキノコ類も加わり、味わいがいっそう増していた。ポン酢でいただくとあっさりと美味《おい》しく、いくらでも食べられそうだ。茶の間の炬燵《こたつ》は温かく、鍋の湯気も暖かく、窓硝子《ガラス》は曇り、外の寒さを忘れさせてくれる。

「脇坂さんは、農家さんとお知り合いなんですか？」

マメに聞かれて「いや、そもそもはウロさんなんだよ」と答える。

「ウロさんの親戚《しんせき》が農家で、この時季になると送ってくるんだって。あの人あんまり親戚づきあいしてないみたいだけど、唯一、交流のある家らしくて」

「なんだい。じゃあ、きみはウロさんに白菜の配布を仰せつかったのか」

「そうなんです。おまえがやらないと、白菜はウチで腐るだけだぞって言われて……僕、食べ物が無駄になるのって、なんかこう……苦手なんです……」

「ひまわり食堂に連絡したら、とても喜んでましたよ。白菜はいろんな料理に使えるから大歓迎ですって！」

「そう言ってもらえると、僕も嬉しいよ〜」

「脇坂くん。きみ、それ、なにしてる？」

洗足が脇坂の取り皿を見て聞いた。

「えっ？　ポン酢にタマゴを溶いてますが」

「なんだいそれ。美味しいのかい」

「美味しいですよ。ポン酢がまろやかになって。僕はさらに七味をかけるんです」

「…………」

「…………」

洗足と夷は懐疑的な視線で、脇坂を見つめていたが、いつでも素直で前向きなマメは「わあ、僕もやってみよう」と早速、生タマゴを取ってきた。ちゃんと三つあるが、洗足と夷はとりあえず様子見のようだ。軽やかな音を立てて生タマゴを割り、ポン酢にまぜ、湯気を立てている鍋から白菜と豚肉を取り、そこに浸してフーフーしている。そんななんでもない動作ですら、可愛らしいマメが一心にやっているのを見ると、脇坂の心もほっこりしてしまう。

「ふわっ、美味しい！」

その言葉と同時に、洗足と夷も卵に手を伸ばす。

自分はいまひとつ信頼されていないのだなと思った脇坂だが、みなが美味しく食べてくれればそれでいい。結局洗足も夷も、生タマゴ入りポン酢ダレをとても気に入ってくれたようで、白菜と豚肉のミルフィーユ鍋はきれいさっぱりなくなる。

「ごちそうさま。大変美味しかった。さて脇坂くんの持ってきた白菜の一部は、無事に消費されたし、安心してお帰んなさい。お疲れ様でした」

「えっ、えっ、もうですか？」

「人様んちで夕食まで食べておきながら。もう、ってなんだい」

どうやら洗足は本気で帰れと言っているらしく、脇坂はいささか落胆する。いつもならば、食後のお茶くらいは出るのに……。

「先生、デザートをお出ししましょうよ。ほら、僕が昨日、雪平《せっぺい》を作ったでしょう?」

「ああ、そうだったね。とても美味しくできていたから、全部あたしと芳彦でいただくよ。心配ない」

「でも、脇坂さんにも味見をしていただきたいんです」

その口調はとても穏やかだったが、同時にしっかりした意志も感じられた。脇坂がマメを知るようになってまだ二年程度だが、その間で彼の内面は、十年分ぐらい成長しているように感じられる。

洗足は「おまえがそう言うなら」と、渋々脇坂の滞在延長を許可してくれた。

マメが作ったという雪平は、その名のとおり、雪を思わせる白い和菓子だった。ふわりと柔らかな感触で、求肥《ぎゅうひ》に卵白が入っているのだという。中にはほんのり赤く色づいた白あんが入っており、それが透ける様子が美しい。

「すごく繊細なお菓子だねえ……雪に落ちた梅の花みたいだ。しかも美味しい……十個くらい食べられそうだよ!」

「ありがとうございます。今回は我ながら上手にできたんです」

脇坂にもお茶を出してくれた夷が「マメはすっかり器用になってね」と自慢げに言う。

「最近はお皿も割らないし、包丁使いも上達してる。食堂でいろんなことを経験しているからでしょう」

「でも、まだまだ夷さんみたいにはいきません」

「そりゃ年季が違うさ」

「あのー。夷さんって、どれくらいここにいらっしゃるんですか？」

脇坂の質問は「長いね」とさらりとかわされてしまう。教えてくれる気はないらしい。洗足も素知らぬ顔で茶を飲んでいるし、マメもちょっと困ったような笑みを浮かべるだけだ。洗足家の茶の間にまで上がり、食事だって何度も共にし、甲藤《かっとう》には妬《ねた》まれている脇坂だが……こんな時、ふと距離を感じてしまう。それ以上は踏み込むな、と暗に言われているような気もする。

脇坂が、刑事だからだろうか。

あるいは――妖人《ようじん》ではないから？

乱れてもいない前髪を直したのは、頭に浮かんだ卑屈で偏狭な考えを追い出したかったからだ。この人たちが……洗足が、夷が、マメが、そんなことで脇坂との距離を取るはずがないではないか。妖人だとか、人だとかではない。単にまだ、一定以上のプライベートに踏み込むタイミングではないということだ。それだけの話だ。

菓子を食べ終わると、マメが炬燵から出た。

風呂《ふろ》に入ってくると言う。よく温まっておいで……優しい洗足の言葉に見送られ、マメが茶の間からいなくなると、脇坂は炬燵を出た。

暇《いとま》するべき時間だが、その前に聞かなければならないことがある。

そもそも、今夜はそのつもりで来たのだ。白菜は後から付けた理由にすぎない。脇坂個人としてというより、刑事として……いや、逆だろうか。懸念が募っているのは、刑事としての脇坂ではなく、個人としての脇坂かもしれない。いっそ刑事でなければ、もっと早くに問い詰めていた気がする。

洗足は、その身に起きる諸々《もろもろ》の事件に対し、警察の介入を歓迎してはいない。必要最低限にしたいと考えているのは脇坂も承知しており、時に歯がゆくも思っている。だが同時に、その心情を理解もできる。日常的に警察が出入りする状況を快適に思う人などいないだろう。

それでも、聞かなければ。

ずっとそう思って、タイミングを計りかねていた。だが待ちすぎて機を逸するのは避けなければ。あの時――まだ厳しい残暑の頃、小鳩《こばと》ひろむが発した言葉を聞いて以来、うなじあたりにベタリと張りついた不安感を、なんとかしたい。拭《ぬぐ》えないとしても、せめてその正体を知りたい。

彼女は言った。

鵺《ぬえ》、と。

「先生」

自然と、声が幾分硬くなった。

「教えてください。鵺とはなんですか？」

茶の間の空気が一変した。

無論、冷たく頑《かたく》ななものに変わったのだが、覚悟していたことだ。こちらを見ようともしない洗足に向かって、再び問う。

「鵺とは、誰のことですか？」

繰り返し尋ねても答えはなかった。この人が答えないならば、聞くな、という意味だ。そんなことは脇坂にもわかっている。しつこく尋ねれば煙たがられ、時には叱責されることも承知だ。

「鵺の正体を聞かせていただきたいのです」

それでも三度、口にした。そうしなければならなかった。

「あの時、小鳩さんは話してくれましたよね。入院していた病室に青目が現れ……彼女は夢だと思い込んでいたわけですが、でもそれは現実だった。奴は実際に現れて、警告と思える言葉を残した」

——気をつけろ。麒麟《きりん》のとなりに、鵺がいる。

相槌《あいづち》すらない中で、脇坂は続ける。

「その警告が彼女に向けられたものでないのは明らかです。青目は小鳩さんを通して、先生に警告を発していた。彼女が回復した後、先生に会うことがわかっていたからです。自分の写真を見せられることも予測していたでしょう。だからわざわざ顔を見せ、メッセージを残した。鵺の存在を先生に知らせるために」

夏のあいだに起きた連続殺人事件は、あまりに悲しい結末を迎えた。

娘を洗脳したと、誤解されていた母親。

母親を洗脳してみせたと、思い込まされていた娘。

母子《おやこ》は殺害された。他にも集団自殺に導かれた被害者が五人いる。さらに、自分の大腿部《だいたいぶ》にナイフでメッセージを刻まされ、洗脳実験によって殺されたと思《おぼ》しき二名も、同一犯である可能性が高い。

「わかっているだけで、九人です」

それで全部ではないだろう——鱗田《うろこだ》はそんなふうに言っていた。脇坂も同じく考えている。『実験』はもっと行われていても、おかしくない。

「あの事件の容疑者を、警察は青目甲斐児《かいじ》と見ています。他者を翻弄《ほんろう》し、操り、それを楽しむかのような手口は、確かに青目を思わせる。……けれど僕は、ずっと気になっているんです。鵺、という存在について」

洗足はなんの反応もしない。夷も同様に聞こえていない素振りだ。さっきまで温かさに包まれていた洗足家の茶の間は、完全に脇坂の発言を拒絶していた。

「マメくんは、鵺についてなにか知っているんですか？」

「——いいえ」

答えてくれたのは、夷だった。

「話していません。無闇に不安にさせたくはないのでね」

「では、ここにいる三人と、小鳩さん、あとはウロさんが知っているということになりますね。僕はウロさんから言われたんです。鵺について、報告する必要はない……報告するな、と」

理由も告げられず、一方的にだ。鱗田は脇坂にとって尊敬に値する先輩刑事である。だからこそ今までその意に添ってきたのだが、納得していたわけではなかった。

「事件に巻き込まれ大怪我をした小鳩さんの目撃証言、しかも重大な証言にもかかわらず、報告はするな……。だからいまだに、捜査一課は誰も鵺について知らない。玖島《くじま》さんですら知らないままです。僕は納得がいきません。せめて理由が聞けたらと思うのに、ウロさんはなにも言ってくれない。ウロさんの事が信用できなくなりそうで——苦しいんです」

刑事としての実践的なイロハは、すべて鱗田から教わった。現場叩《たた》き上げの、靴のかかとを減らして聞き込みをする、地味で古臭い、ずっと年上の先輩刑事。そんな相棒から、報告義務に背けと言われたのは、正直ショックだった。

「あたしが頼んだからですよ」

ようやく、洗足が口を開く。

「……先生が？」

「小鳩さんが語った鵺の件は、しばらく捜査関係者に伏せておいてくれ。そう頼みました。今は理由は言えないが、必ずそうしてくれと。ウロさんは随分困った顔をしてましたが、聞いてくれました」

「なぜ、そん……」

「だから、理由は言えないし、言う必要もない」

脇坂の問いは、けんもほろろに撥《は》ねつけられた。

鱗田は脇坂よりずっと以前から、洗足らとのつきあいがある。施設から逃げて放浪していたマメを保護し、この家に連れて来たのも鱗田だと聞いている。鱗田はこの茶の間に上がりこんで食事をしたりはしないが、それは鱗田が脇坂ほど図々《ずうずう》しくないからであり、洗足との信頼関係は深い。

「ウロさんにすら話していないことを、きみに話すわけがないだろう」

まさしく、脇坂もそう思っていたところだ。

「……つまり、先生は鵺が何者なのか知っていて、けれどあえて、我々には話さないということですね」

ここでさらに食い下がることに、脇坂がどれほどの勇気を必要としたか……おそらく、洗足にはわからないだろう。

ほら、やっぱり、そんなふうに冷ややかな目を向ける。

「なんだいその言い草は。きみはあたしにかまをかけたつもりなのか」

「そうではありません。ただ、可能性はあると思ったんです。先生もご存じない、という可能性です。鵺という言葉がなにかの暗喩《あんゆ》であり、先生もまだその意味するところを知らない、あるいは……あの警告じたいが罠《わな》である可能性も考えました。青目ならば、そんな凝ったこともしかねないと」

「脇坂くん。あたしは鵺など、知らないんだよ」

「いいえ。今となってはもう、そんなはずはありません。ご存じないなら、なぜウロさんに釘《くぎ》を刺したんですか」

「知らないから、わからないからそうしたんだ。相手がわからない以上、下手に動くのは得策ではない」

「わからない相手ならば、徹底して捜査するのが我々警察の仕事です！」

勢いのままに言った脇坂を、洗足は「そうかい」と薄く笑った。

途端に、脇坂は後悔する。

だめだ。この笑みはだめだ。

口元だけの、感情などない微笑《ほほえ》み。

この人にこんな顔をさせてしまったら、もうだめなのだ。

「ならば好きに捜査するといい。お忙しいだろうから、ここには当面、御足労無用ですよ。芳彦、脇坂刑事を玄関までお見送りしておくれ」

はい、と家令が返事をした。

「……お邪魔しました」

襖《ふすま》の開く音を聞きながら、脇坂は俯《うつむ》きがちに立ち上がる。

なにか釈明をとか、せめてお鍋美味《なべおい》しかったですとか——言いたいことはあったけれど、やめておいた。当面の出入り禁止を食らったのだ。これ以上洗足の機嫌を損ねれば、二度と敷居をまたがせてもらえなくなりそうだ。引き際だろう。

玄関口で、夷がコートを渡してくれた。

けれど言葉はなかった。一瞬、なにか言いたげな顔になった気もしたが、脇坂の思い込みかもしれない。この家令は主《あるじ》にひたすら忠実だ。

無言のまま、夷が頭を下げる。

ペタペタと肉球を鳴らし、飼い猫のにゃあさんが通りかかったが、脇坂を一瞥《いちべつ》すらしてくれない。

脇坂も同じように頭を下げ、洗足家をあとにする。

ああ、やってしまった……。

怒らせた。呆《あき》れさせた。説教する気にもならないという顔をさせてしまった。ものすごく寒い夜道だったが、精神的な冷え込みはさらに厳しく脇坂を苛《さいな》む。

出入り禁止はいつまで続くのだろう。鱗田にはどう説明すればいいだろう。

ぼわり、ぼわり。

ため息のたび、白い息は大きく、脇坂の顔前を塞《ふさ》ぐのだった。

三

「まったくぅ、だめだよぉ、女の子がこんなことしちゃさぁ」

定年も近そうな私服警察官は、ごま塩頭を掻《か》いて言う。心配と呆れの混じった口調を聞いた小鳩ひろむの胸に、モヤッとした感情が湧く。だが自分に向けられたセリフではないし、悪意がないのもわかっていたので黙っておくことにした。

「じゃ、センセ、よろしくお願いします」

「はい。お疲れさまでした」

ひろむは警察官を送り出し、それから簡素な応接室に戻る。部屋には古ぼけた応接セットがあり、革の表皮がひび割れたソファには、ひとりの女性が座っていた。少女の面影を少し残した若い女性だ。書類には十九歳とある。

「ねー」

彼女は屈託ない笑みを見せて、ひろむに声をかけてきた。

「なにか飲みたいなー。喉渇《のど》いちゃった」

まるで旧知のように気軽な口調だ。よく言えばフレンドリーであり、悪く言えば馴《な》れ馴れしい。もっとも、ひろむはあまり気にしない。ひろむにとって困る相手は、延々と黙り込んでしまうタイプである。

「お茶かコーヒーしかありませんが」

「コーヒーのミルクある？」

「ポーションタイプの植物性クリームなら」

「んー、ならお茶かな。あと、お水も一杯」

ひろむは頷《うなず》き、一度応接室を出た。事務員にお茶をお願いし、水は自分で用意した。ミネラルウォーターを常備しているわけではないので、冷蔵庫に置いてあった私物のペットボトルだ。未開封のそれを持ってしばし考え、グラスには移さず、そのままで持っていくことにする。

「どうぞ」

「ありがとー」

彼女はすぐペットボトルを開け、三分の一まで一気に飲んだ。それから、小さく息を吐いて、さらにもう少し飲む。

そのあいだ、ひろむは彼女を観察していた。背丈は平均よりやや高いくらいか。頭が小さく、スタイルのいい子だ。

細身の黒いデニムに、ショートブーツ。髪は長く、艶《つや》やかで、染めたりはしていない。紺のニットは身体にぴったりしており、形のいいバストが目立つ。

「お茶は少しお待ちください」

彼女の正面に座ったひろむが言うと「あ、どうもー」と返ってくる。どこか義務的な、ファストフードの店員みたいな笑顔だった。

「では、お話を聞かせていただきます。私はこの事務所の弁護士の小鳩と申します」

名刺を差し出すと「ちょうだいしまーす」と両手で受け取る。

「小鳩ひろむ。わー、可愛い名前」

「あなたは沢村《さわむら》さんですね。沢村……失礼ですが、下の御名前はどうお読みすれば？」

「エミカ、だよ。ちょいむずいよね。でもママは絶対この名前にしたかったんだって。ママの名前にも、花っていう字が入ってるから」

「なるほど。では、エミカさん。あなたは現在十九歳、東京栄和《とうきょうえいわ》大学国文学部一年生。現住所は東京都江戸川《えどがわ》区。間違いありませんか？」

「あってるよー。ま、大学はほとんど行ってないけど」

「行ってない？　なぜ？」

「んー、なんとなくー？　あたし、ひねくれ者なの。みんなと同じことしてると、やんなっちゃうの。でも仕方ないんだ、そういう妖人《ようじん》だから」

「妖人？」

その情報は書類にはなかった。

「そ。妖人として、素直じゃなくて嘘つきっていう性質があるの」

「ほとんどの妖人は人間となんら変わらないはずですが」

「けどたまに特別な妖人っているじゃない？　あたしがそれ。《天邪鬼《あまのじゃく》》なんだ」

くふっ、と鼻を鳴らしてまた笑う。

《天邪鬼》――そんな妖人は実在するのだろうか。ここに洗足伊織がいてくれたら、すぐにわかるのにと思いつつ「なるほど」とだけ返しておく。肯定も否定も、今はできない。

「だから、嘘をつくかもよ？」

「……ありがたくはないですが、べつに取り調べをするわけではないので」

「嘘ついてもいいの？」

「よくはないです。とはいえ、あなたの発言をコントロールする権利も能力も、私にはありませんし」

その返答に、エミカは両手をバチンと鳴らして「あははっ」と笑った。

「おもしろーい！　小鳩さんって、なんか独特だね！」

「なにがです？」

エミカはやや前傾姿勢になり「反応が」と面白そうに言う。

「学校行ってないって言っても、ほかの大人みたいに渋い顔しないし。だいたいみんな、親の金で大学まで行かせてもらってるのに……みたいな表情になるよ」

「だとしても、事情は人それぞれでしょう。ご本人が問題ないと言っているなら、基本的にはそれを尊重します」

「ほらほら、その喋《しゃべ》り方も。あたしは若くて、しかもタメグチなのに、そっちは丁寧語のまま。愛想はないけど、かと言ってとってつけた感もないの、いいよねー」

今のは褒められたのだろうか。やや戸惑いながら、ひろむは「私はいつもこんな感じですが……」と返す。エミカは次に、テーブルのペットボトルを指さした。

「お水、すぐに持ってきてくれたよね。ちゃんと冷えてた。グラスじゃなく、ペットのままなのも、あえてだよね。水道の水じゃなくて、ちゃんと新品のミネラルウォーターだってわかるから。そういうとこも、テキトー感、ない。ちゃんとしてる。なんかこう、おもてなし感？　みたいなのある」

「喉が渇いてるかも、とは思っていました」

「なんでわかったの？」

「人は緊張すると喉が渇きますから」

「えー。あたし、緊張するタイプじゃないんだけどなー。《天邪鬼》だし」

そうだろうか。ひろむには、エミカの過剰な笑みは緊張ゆえだと感じられたのだ。

「……《天邪鬼》にはどんな特性があるんですか？」

ともかく、彼女の主張をまず聞いてみようと思った。エミカは肩を竦《すく》めると「そりゃまず、嘘がうまいの」と言う。

「あと、気まぐれで自分勝手。そういうとこが可愛いって、パパたちは言うけどね」

「パパ……」

「そう、あたしのパパ活相手のおじさんたち」

パパ活とは、マッチングアプリを利用し、若い女性と中高年の男性が知り合うことである。男性は比較的裕福な層が中心で、女の子とデートしたり、食事を奢《おご》ったりする。女性側が金銭的援助を得ることもあるらしい。ひろむも言葉だけは知っていた。

そのパパ活のおかげで、エミカは警察署の厄介になったのだ。

――この子、泥棒ですからっ。

五十代と思《おぼ》しき女性が、エミカを引き摺《ず》るようにして渋谷《しぶや》区内の警察署に連れてきたそうである。女性はかなり興奮状態にあり、指の痕《あと》がつくくらいにエミカの腕を摑《つか》み、立哨《りっしょう》していた警察官に向かって、文字どおり突き出したという。

――泥棒なんですよ！　私の夫からお金を盗みました！

怒り心頭の真っ赤な顔でそう喚《わめ》いたそうだ。

反してエミカのほうは落ち着いており、半笑いで「なんかぁ、誤解があるみたいでぇ」と言ったという。

「だって、パパ活と浮気は違うし〜」

エミカはひろむに説明した。

「海野《うみの》さんは、あたしのパパのひとりで、だから時々会ってご飯食べたり、お話ししたり、カラオケ行ったり……で、お小遣いもくれます。多くはないけどね。バイトしすぎて身体を壊しちゃダメだよって。……あっ、どーも」

温かいお茶を運んできてくれた事務員に、エミカは愛想よく頭を下げる。

「でもまあ、奥さんには内緒にしてたんだろうねー。スマホチェックされてバレちゃって。信じられないよねー」

「夫のスマホをチェックする奥さんが、ですか？」

「違う違う。簡単にばれるようなパスコードにしておくことだよ。娘さんの誕生日かなんかだったんだって。もう死にそうにバカだと思わない？」

その意見にはほぼ同意のひろむだったが、口に出すわけにもいかず「それで、ふたりが会っているとばれたんですね？」と確認を取った。

「そう。スマホの地図アプリの中に、よく会うカフェまで保存されてて……本当どこまでバカなのかなあ……見損なっちゃったよ……」

「そこに海野さんの奥さんが突然現れて、警察に引っ張っていかれたわけですか」

「うん。もっのすごく怒ってたよ。なんか、昭和《しょうわ》な映画でしか聞かない言葉叫んでた。えーと、バイタ？　どういう意味だっけ？」

「身体を売る女性のことです」

「あー、ねー。でもそれ違うなあ。そーゆーことしてないし」

「肉体関係はなかったということですか」

「ホテルに誘われたことあるけど、行かなかったの。あたし、パパたちとはエッチしない方針なんだよねー。向こうはめちゃ期待してるけど、そのへんかわすのうまいんだ。なにしろ《天邪鬼》だから。まあ、でも、カラオケルームでちょっと触ってくるくらいはアリかな。上半身までならね。あっ、小鳩さん、こういうの軽蔑《けいべつ》する？」

ひろむはしばし考え、「軽蔑はしませんが、納得もできません」と答えた。

「あはは、その返答うけるー。で、あたし、どうなるの？　裁判とかあるの？」

「ありませんよ、なにも」

エミカは何の罪にも問われない。

金銭に関しては海野が自発的に払っていたわけで、彼女が海野の財布から金を抜いたわけではないのだ。では不倫としては成立するか？　しない。両者に肉体関係はないのだし、そもそも不倫問題ならば民事だから警察署に突き出されるいわれはない。

未成年が既婚男性とのデートで、金銭を得ていた問題は？　もしエミカが十八歳未満だったら、都条例により、処罰ではなく保護の対象となり得る。

処罰される可能性があるとすれば、男性側だ。しかしエミカはもう十九歳なので、その条例も適用されない。

実のところ、海野氏の妻も、法的にはなにもできないとわかっていたのではないか。そんなことは百も承知の上で、昼日中にエミカを警察署に引っ張って行き、恥を掻《か》かせ、懲らしめたかったというのが本音なのではないだろうか。

話を聞いた警察側も、エミカに「帰っていい」と言ったそうだ。弁護士に相談したいと言い出したのはエミカのほうと聞いている。

「弁護士に相談したいと思ったのはなぜなんでしょう」

「えー、だって、訴えられるかなーって思ってさー」

「それはないです。警察から説明があったと思いますが」

「んー、されたかも？　正直、あたしもちょっとテンパってたんだよね。だってほら、海野さんの奥さん、目が血走ってたもん。それに、実はほかのパパにもちょっとやばそうな雰囲気あって、ホテル行かないならどうのこうのって、遠回しな脅しみたいなこと言われたり。だから、法律の専門家に相談したいなー、って。そしたらちょうど、さっきの警察署で知ってる刑事さんに会って……」

「今日連れて来てくれた人？」

「ううん。あの人じゃないよ。山科《やましな》さんっていう、女の人」

山科ならばひろむも知っていた。所長《ボス》と知己の女性刑事で、生活安全課に所属している。なるほど、その伝手《つて》でここに来たのかと納得した。ボスが対応する予定だったのだが、急な案件で外出することになり、ひろむが託されたわけである。

――ちょっとな、家庭環境が複雑な子らしい。

事務所を出る前、所長はひろむに言っていた。

――色々大変だったのに明るくて、いい子なんだと、山科さんが話してた。よろしく頼むぞ。

それだけの情報でよろしく頼まれても……とは思ったが、所長の忙しさは承知しているので「わかりました」と言うしかなかった。確かにエミカは明るい雰囲気で、なんの問題もない一般的な可愛らしい大学生に見える。パパ活しているとはとても思えず……いや、いまやパパ活は普通の大学生がするものなのか？　あるいは、『パパ』たちの要望が『普通の可愛い大学生』だから、そのように装っているとか？　要するに、消費者のニーズ？

そう考えると、ぞっとした。

「さっきの刑事さんが言ったこと、覚えてますか？」

エミカは小首を傾げる。覚えていないらしい。

「まったく、だめだよ、女の子がこんなことしちゃ、って」

「んー、言ってたかも」

「それを聞いた時、私は釈然としなかったんです。女の子がこんなこと、という部分にモヤッとしてしまって。もしさきほどの刑事さんが、パパ活そのものに異を唱えたいのであれば、女の子たちより遥《はる》かに年長者であり、お金を支払っている男性側にやめろと言うべきではないかと」

「あー、確かにねー」

「あなたがたはまだ若く、それゆえに間違えます」

「ひろむさんも、パパ活は間違いだって思うんだ？」

「私が間違いだと言っているのは、パパ活そのものではなく、その中に潜む危険性に、あなたがたが気付いていないことです。今回は逆上した奥さんに警察に突き出されただけですが……それでも、精神的なダメージはあったと思います。さらに、もしあなたがこの先、パパである男性と密室で過ごす状態になった場合、より危険な状況も考えられるわけです」

「だよね。だからあたし、ホテルは行かないの」

「カフェやレストランで、飲み物に睡眠薬を入れられたら？」

「え〜。でもさ、そんなやばい人めったに……」

「いくらでも実例はありますよ」

ひろむは真摯《しんし》に続ける。

「さらに、被害者は女性に限りません。男性だって性被害には遭うんです。弱者を黙らせる方法を、犯罪者たちはよく知っています」

「……こわっ」

エミカは笑い、だがすぐ真顔に戻り、もう一度「それはマジで怖いな」と呟《つぶや》くように繰り返す。

「正直、お金目的でパパ活してるんだけど、リスクのことは考えないようにしてたっていうか……とにかく早く独立したくて……」

「実家を出たいんですか？」

「実家じゃないの。いろんな事情があって、あたしは叔父《おじ》さんのところに居候中。あ、叔父さんたちとはうまくやってるよ。そこは《天邪鬼《あまのじゃく》》の嘘つき能力を駆使して、いい子っぽくしてるし。大学にあんま行ってないことも、叔父さんたちはまだ知らない。居心地も悪くはないんだよね。でもやっぱり、自分の家じゃないから……」

まるで用意してきたかのように、するするとエミカは説明する。慣れた様子で、笑みすら浮かべていた。

いろんな事情、のところを詳しく聞くのは躊躇《ため》われた。彼女の家庭事情が複雑だということは耳にしていたし、弁護を担当するわけでもない。ならばプライベートな情報を掘り下げる必要はないのだ。

「早いとこ、独立したいなあって」

けれど、エミカが話を聞いてほしいと思うなら別だ。法律以外のことでは、なんのアドバイスもできないひろむだけれど、初対面の、さして関わりのない相手にだからこそ話しやすいことが、なにかあるのならば――。

「ねー、ひろむさんっちてどんな？」

そんなことを考えていたところで、唐突な質問をされてやや戸惑った。

「え。私の家、ですか？」

「そう。家族とか。聞きたいな」

「私は今ひとり暮らしなので……一緒には住んでいませんが両親は健在です。父親は研究職でしたが、もう引退しています。母親は専業主婦です」

「お母さんの得意料理なに？」

質問の意図がよくわからなかったが、答えることに不都合もないので「ひととおり、なんでも作れる人ですね」と返す。雑談をしたいだけなのかもしれない。

「私は母のポトフが好きで……それを伝えたら、文句を言われました」

「文句？　何で？」

「あれは材料を切って煮るだけの、いわば西洋風おでんなわけで。もっと手の込んだものを作る母にとって、ポトフが一番好きだなんて、釈然としなかったようです。しかも、ポトフの中に入っているのは、スーパーで普通に売ってるポークソーセージで、私はとくにそれが大好きで……あの、皮がパンッと張ったソーセージを、プリッと噛《か》むのがたまらないというか……。でも、たまにポトフの肉が、丁寧に下拵《したごしら》えをして柔らかくなったブロック肉だったりすると、こちらとしてはちょっと残念なわけです。ソーセージのほうが好きと言ってしまって、すごく怒らせたことがあります」

記憶を辿《たど》りつつ、いたって真面目に説明したつもりだったのだが、エミカは上体を揺らす勢いで「やだ、それ、おっかしい！」と笑った。

「大人になった今は母の気持ちも理解できるんですが……でもソーセージのほうが好きなのは本当なので……」

「あは、ははは……もー、やだ……うけるーわかるー。プリッとしてんの、美味《おい》しいよねえ。あのね、うちもあった。そういうことあったよ」

「ありましたか？」

「あったあった。小鳩さんの話聞いて思い出した。あのね、うちはカレー大好き一家で、外食でもカレー食べるけど、やっぱりママのが一番おいしいよねっていう感じで。

だから、ママはある日張り切ったんだよね。ふだんは売ってるルー使ってたんだけど、スパイスの専門店に行って、必要なもの全部そろえて、なんか、ほら、スパイスをゴリゴリする器みたいなのあるじゃない？　すりこぎみたいなのとセットになってるやつ。あれまで買ってきて、朝から一日かけて本格カレーを作ったわけ。そしたら、それが、正直微妙だったの！」

「微妙？」

「微妙！　食べられないわけじゃないよ。ちゃんとカレーの味になってたし。でもなんか違ったんだよね～。シャバシャバでごはんにあわないし、辛いのに素っ気ないっていうか、スパイスの風味がうまく出てないっていうか……百人に美味しいですかって聞いたら、たぶん八十七人ぐらいが美味しくないって答えるくらいの……」

なるほど、とひろむは頷《うなず》く。八十七という数字がそのカレーの微妙さを語っていた。

「でもあたしとパパは、美味しいよって言ったの。嘘だけど、それはもう《天邪鬼》うんぬん以前の問題だよね。だってママの顔見てたらそう言うしかないよ。本人も美味しくないのわかってて、食べながら『なんだか不思議な味ね』みたいなこと言ってて。そしたらこちらも空気読むわけですよ～。でもね、うちのお兄ちゃん空気読めない子でね。あの頃中学生だったと思うんだけど……」

エミカの兄は言ったそうだ。

――時間と労力かけてコレかあ。日本のカレールーってマジ優秀なんだなー。

「最悪だよ～」

思い出し笑いをしすぎ、目の端に涙を滲《にじ》ませてエミカは語る。

「もー、お兄ちゃん最悪。正直って罪。ママ、すごいしょげちゃって、お兄ちゃんもさすがにまずいと思ったのか『いや、食べられるけどさ！』とか言い出して、無理におかわりまでして……そのあとママ、二度とオリジナルカレー作らなかった。ほんと、死ぬまで作らなかったなあ」

最後にサラリと言われた言葉から、エミカの母が故人なのだとわかる。ひろむは次にどう言うべきかわからなくなり、不器用にも黙ってしまった。

「ママが死んじゃったあと、パパはお酒に逃げるっていうやばいコース選択しちゃって、今は病院」

「…………」

「でもね、依存症はちょっとずつ良くなってるっぽいよ」

「そうですか」

エミカが家族の事情を打ち明けてくれたのは、彼女の中に語りたいという気持ちがあるからだろう。そう判断して、プライベートな質問を向けてみる。

「お兄さんは、一緒におじさんの家に？」

「ううん。もう働いてるから独立して……たぶん元気。去年ぐらいからあんまり連絡取れなくなってるんだよね」

「心配ですね」

「んー、でも、距離置きたい気持ち、わかんなくもないんだ。小鳩さんは一人っ子？」

「いいえ」

普段はあまり他人にしない話だが、エミカがここまで語ってくれたのに、自分は隠すのも躊躇われ、「弟がいましたが亡くなりました」と告げた。

「死んじゃったんだ。仲、よかった？」

「よかったですよ。まだふたりとも子供でしたけど」

「ああ、結構前の話なんだね」

「十一歳で亡くなったので……二十年ほど経ちます。私は可愛げのない子供でしたが、弟はとても可愛かったんです。母は、それこそ目に入れても痛くないという可愛がりようでしたね」

「そっか。あれだよね。家族が死んじゃうのって、変な感じだよね」

変な感じ、とエミカは言った。悲しいでも、つらいでもなく、変な感じと。

なんとなく、ひろむにも理解できた。

変、というか、不思議というか——だって、昨日までそこにいたのに。

リビングのテレビの前に。キッチンの冷蔵庫の前に。玄関に。お風呂《ふろ》に。お笑い芸人のギャグを見て笑っていたのに。牛乳を飲んで口の周りを白くしてたのに。運動靴が小さくなったよと、母親に言ってたのに。シャンプーで変な髪型を作って、はしゃぐ声がしていたのに。

もういないのだ。二度と会えないのだ。

おねえちゃん、と呼ばれないのだ。

その喪失感をひろむは不可思議だと思った。そんな馬鹿な、と。こんなこと、おかしいんじゃないかと。身内の死は誰にでも起こりえると、頭ではわかっている。それでも感情はずっと不思議がっていた。

なんで、あの子が、弟が家にいないのかと。

この虚《うつ》ろは、いったいなんなのだと。

「おかしいよね、突然いなくなっちゃうなんて」

エミカは言った。

笑顔のままで、「おかしいよ」と繰り返した。

記憶　2

あのさ。
はじめてアンタを見た時、すごくキレイって思ったんだよ。
あいつには似てないよね。お母さんに似たのかな。キレイな人だったんだろうね。
でも目の奥で少しだけ揺らいでる光みたいなのは……やっぱりあいつに似てるかも。
キレイだけど、怖い光。子供が、死んだ虫をさらに千切ろうとしている時みたいな。
バラバラにして、なにを調べるのかな。虫に血がないのが、不思議なのかな。
熱心に見てるね。あたしを覗《のぞ》き込んでるね。
面白い？　興味深い？　人が死んで行くところは。
ほんと、キレイな顔。きっとすごく色男になるんだろう。
「死んだか？」
あいつ、聞いてるね。
「まだ。俺を見てる」

うん、そう、まだ。まだ見えてるよ。霞《かす》んできたけど見えてる。いつ終わるのかな。あたしはいつ終わるのかな。あたしが終わっても世界は続くって本当かな。たぶん本当なんだろうな。確かめようもないけど。

「薬が少なかったかな。体重と比例させたんだけど、やっぱり個体差がある」

「苦しくはなさそう」

「そういう薬だよ。検出もされにくいし、静かに殺したい時にいい。……ねぇ、きみはラッキーだったよねえ？」

ぱしっ。脚を蹴《け》られた。

でも痛いとかは、もう感じない。そうだね、苦しくないのは助かるね。あたしの前の子は可哀想だった。あの男は研究熱心だから、いろんな方法を試したがる。やばい男だね。やばい男ってセクシー……そんなこと言ってた、昔の自分が笑える。だって思わないじゃない。ここまでやばいやつが世の中にいるなんて。いたとしても、そいつに自分が捕まるとか、思わないよね。

ふつうの人に、見えた。

地味だけど、清潔感があって。

すごく頭がよくて、優しくて、あたしの話を真剣に聞いてくれて、あたしを助けてくれた。クソで地獄みたいな環境から救い出してくれた。妻はずいぶん前に死んだけど、実は息子がいるんだって……きれいな男の子を紹介してくれた。

決して笑わない、きれいな子。

結局あたしは、別の地獄に来たんだ。たぶん、こっちが本物だったのかも。

だって……。

「もう切っちゃってもいいぞ」

「……暴れられたら、やだ」

「痛覚が鈍ってるから大丈夫。新鮮なうちがいいんだろ？　おまえが食べるぶんを取ったら、引き取り屋が来る」

「引き取り屋は、これをどうするの」

「粉砕して、家畜飼料」

だって、
こっちには、
鬼がいる。

四

郵便受けを確認しようと、マメは玄関を出た。

六時過ぎ、もう陽は落ちて暗い。なにも羽織ってこなかったので、冷たい空気にぶるっと震える。この冬はなかなか寒くならなかった。正月をすぎても、手袋やニット帽が必要とは思えない程度で、それはそれでありがたいような、なんだか物足らないような……やっぱり冬はキリッと冷たい空気が必要なのかな……などと思っていたら、大きな寒波が来た。ここのところは急激に冷え込み、足下からシンシンと寒い。けれど茶の間には炬燵《こたつ》があるし、布団には毎晩夷が湯たんぽを用意してくれ、にゃあさんも来るので暖かい。にゃあさんは、おおむねマメの寝床にくるが、時々は洗足の布団にも潜り込んでいるようだ。にゃあさんを気づかい、不自然な格好で寝る羽目になった洗足が、首を寝違えてしまったこともある。夷はだいぶ猫慣れした様子だが、さすがに一緒に寝るのは無理らしい。昨晩、真面目顔でにゃあさんに「私のお布団は禁止です」と話しかけていた。

寒さが厳しくなっても、洗足家の中は温かい。

マメにはふたりの保護者がいる。

洗足伊織と夷芳彦。父のようで、母のようで、兄のようでもあり、師でもある。呼び方はなんでもよくて、だが一番しっくりくるのはやはり『家族』だろう。

……けれど、変化が訪れている。

ふとした瞬間、洗足から放たれる強い緊張感。

台所でかつらむきの手を止め、じっと考え込んでいる夷。

ふたりとも、マメの存在に気づくと、すぐに雰囲気を和らげていつもどおりに言葉を交わす。ふたりがなんらかの懸念を隠していることは、マメも察知していた。一年前のマメならば気がつかなかったかもしれないが、今はわかる。だが、それを無理に聞き出すことは控えていた。ふたりが隠しているのは、なにか理由があるからだ。必要な時が来ればきっと打ちあけてもらえる――そう信じていた。

ブリキ製の古い郵便受けを開けると、キキッと音を立てる。あまり好きな音ではない。油を差さなきゃ、と思う。いくつか届いていた郵便物の中に、自分宛てのものを見つけ、マメは微笑《ほほえ》んだ。照子《てるこ》からの手紙だ。以前より頻度は減ったけれど、手紙のやりとりは続けている。このあいだ、洗足と夷に挟まれた写真を送ったら『マメくんがすごく大人っぽくなってて、びっくりしました』という返事がきた。

少し照れくさかったけれど、嬉《うれ》しかった。早く読みたい。マメは踵《きびす》を返し、柔らかなオレンジ色が灯《とも》る家の中に戻ろうとした。

だが、足を止めて振り返る。誰かがこっちを見ているような気がしたのだ。

それは気のせいではなかった。

「あの……？」

マメは声をかけた。

その人は暗がりの中、さらに電柱の陰に立っていて、顔はほとんどわからない。けれど、全体的なシルエットから、和装の年配女性だとわかった。小柄で細い人だ。今しがた通りかかったというふうではない。少なくともマメが郵便を取りにくる以前から、そこに立ち、洗足家の玄関口を見つめていたのだと思われる。

「あの、うちになにか御用でしょうか？」

「……………洗足伊織先生は……ご在宅でしょうか」

か細い声とともに、婦人はおずおずと数歩前に出た。玄関口の明かりが届き、その容貌《ようぼう》がわかる。やはり高齢の女性だ。八十歳ぐらいだろうか。

「失礼ですがどちらさまでしょう」

「訳あって名乗ることはできませんが……私は、妖人《ようじん》なのです」

寒さのせいか、婦人は少し震えているように見えた。

妖人が洗足家を訪れることは度々ある。もちろんほとんどの場合誰かしらの紹介や事前連絡があるのだが、窮している場合はこんなふうに突然の来訪もありえる。

「わかりました。どうぞこちらからお入りください」

マメの言葉に従い婦人はさらに歩みを進めようとしたが、何の凹凸もないアスファルトにつまずき、少しよろけた。すぐにマメが支え転倒することはなかったが、その手があまりにひんやりしていて驚く。

「こんなに冷えて……寒かったですね。もっと早く気がついてあげられなくてごめんなさい」

「そんな、とんでもない……」

マメは婦人の手を持ったまま玄関に入った。話し声に気がついたのだろう、夷が顔を見せて「お客様ですか」と聞く。

マメが事情を話すと、客間に案内するようにと言われた。

客間には火の気がなかったので、パネルヒーターのスイッチを入れる。ふかふかの座布団をすすめ、「すぐに温かいお茶をお持ちしますね」と伝える。婦人は何度も恐縮して頭を下げた。深くくすんだ緑の色無地に、黒い帯——地味だが品がよく、けれどその袖口《そでぐち》から見える手首は痛々しいほどに細い。

お茶の支度をしようと台所に入ると、湯沸しの前で夷が難しい顔をしていた。

「あの……もしかして、ご案内しない方がよかったでしょうか」

自分は失敗してしまったのだろうかと、不安になりながら聞くと「そんなことはないよ」と少し笑顔を見せてくれる。

「大丈夫。困っている妖人を迎え入れるのは、この家の大事な仕事だからね」

「よかった……。あの、夷さんはあの方をご存じですか？」

「初対面だ。たぶん先生も。……服装がちょっと気になってね。色喪服に黒喪帯……」

「え、喪服？」

「あれは喪の準礼装なんだよ。……お湯が沸いたね。お茶を持っていってくれるかい？　それから……」

夷はもうひとつマメに頼み事をした。お茶を出したあとも、そのまま客間に残っていてほしいというのだ。初めての来客の場合、夷が同席することが常である。だがあの婦人はかなり萎縮《いしゅく》している様子なので、年若いマメのほうが場が和むだろうという配慮だった。

マメは快諾し、客間に戻る。

幾らか暖かくなってきた客間にはすでに洗足も座っており、それぞれにお茶を出す。そして自分は部屋の隅に控えた。

「お飲み下さい。温まります」

静かに洗足が言い、自分も湯飲みの蓋《ふた》を取った。

けれど婦人は緊張を解くことなく、じっと座っている。しかも座布団すら使ってはいない。洗足は黙っている相手に対し、無理やり話を聞き出そうとしない人なので、ふたりとも無言の状態がしばらく続いた。客間はあまりに静かだった。マメは自分の呼吸音すら聞こえそうな気がして、思わず息を詰める。

「私は」

どれくらい経ってからだろう、老婦人が上擦った声を出す。

「わ、私は……妖人《鬼指《おにゆび》》にございます……」

おにゆび？

初めて聞く。マメは洗足をちらりと見たが、その表情からはなにも窺《うかが》えない。

「本日は……洗足伊織様にお願いがあって参りました。大変身勝手で、図々《ずうずう》しく、到底許されるべきお願いではありません……それはよく承知しております。それでもお願いしなければなりません。どうしてもなのです」

「そうですか」

洗足は頷《うなず》き、「まずはお聞きします」と答えた。

老婦人は縋《すが》るような顔で洗足を見たかと思うと、ザリッと畳に両手をつき、深く深く……額が畳につくまでに頭を下げると、

「指を」

と言った。

「御指を、いただきたく存じます」

それからゆるゆると頭を上げ、けれど視線はいまだ畳に落としたままで、懐からなにかを取り出す。紫の緞子《どんす》袋が、房紐《ふさひも》に巻かれていた。震える細い指がその紐を解き、出てきたものを見て、マメは目を見張った。

短刀――いや、懐剣というのだろうか。

鞘《さや》が抜かれる。

銀色の刃《やいば》を見て、立ち上がりかけた。すぐに夷を呼ばなければと思ったのだ。だが、洗足は音もなく右手を少し上げ、マメを制する。なにもしなくていい、という意思表示だ。確かに、老婦人はその懐剣をすぐ手放し、畳の上に置く。

刃は剝《む》き出しのままだ。

再び、頭を深く下げる。

「どうか、なにとぞ、御指を、くださいませ」

切々と訴える。

「後生にございます。この老いた《鬼指》の願いを聞いてくださいませ。御指を一本だけくださいませ。あなた様の御指一本と、この婆の指十本を換えても構いませぬ。

どうか、どうか……」

指？　なぜ指？

マメはすっかり動転していた。

洗足の指を一本もらって、どうしようというのか。いやそれ以前に、刃物を携えてやってきて頭を下げれば、指がもらえると思っているのだろうか？　尋常ではない。ならばこれもまた、何者かの画策なのだろうか。この老婦人を操る黒幕がいると？

マメの中で様々な疑念が湧き起こる。我が身の深い場所から、ほらまただ、と声がする。また来るぞ、またあのやばいやつが来る、戦いの準備をしろ、大切なお前の場所を守るために自分の手を汚す準備を………。

黙って、トゥ。

自分の心に、心で言い聞かせる。落ち着かなければ。確かに、指をくれという申し出は異様だが、この老婦人が洗足に襲いかかったわけではないのだ。

「困りましたね」

淡々と洗足は応《こた》える。

「私はこう見えて、茶の道を嗜《たしな》んでおります。たとえ一本でも指が欠けるのは所作に不都合が出るのです。……以前、爪を半分持って行かれただけも難儀いたしました。とはいえ、形式より大事なのは茶の心です。指が足らずとも茶は点《た》てられましょう。

あなたが私の指を欲しがる理由が心底納得できるものであれば、差し上げても構わないのです」

「理由は……申せません……」

「そうですか。では別のことをお伺いしましょう。あなたはご自分を妖人《ようじん》《鬼指》だと仰《おっしゃ》いましたね。私は亡き母から、妖人と呼ばれる人々について多く教わりましたが――《鬼指》というのは初耳です」

「……稀《まれ》な、妖人にございます」

「どういった由来をお持ちなのでしょう」

「由来は存じません。なんの力もない、か弱き一族だったかと。ただ私どもは、指を欲しがるのです……」

「鬼の指を？　私は妖人ですが《鬼》ではありません」

「鬼の指が欲しいのではないのです。むしろ指が鬼になるのです……」

「指が鬼に？」

洗足は微《かす》かに首をかしげる。再び老婦人が頭を下げ「どうか」と繰り返す。

「くださいませ、御指を……この憐《あわ》れな老婆をお助け下さい。お救い下さい。どうか、どうか……」

畳に小さな染みができる。老婦人の涙だ。

話は完全に一方通行だが、彼女が真剣なのは伝わってきた。要求の異常さに対し、態度や口ぶりはあくまで控えめで低姿勢であり、だからこそ対応に困るのだ。

洗足の肩が少し下がる。声を殺して嘆息したのだろう。

相手が傲慢《ごうまん》な態度や言動の時、この人はそれを容赦なく迎え撃つ。慇懃《いんぎん》無礼な相手も容赦はない。舌戦で洗足に勝てるものはそうそういないだろう。反して、弱者には優しく、思いやりの深い人だ。今目の前にいる、やせ細った高齢の婦人を……喪服をまとうほどの強い決意のもとに、洗足の指を欲しがるこの婦人を、真っ向から拒絶できずに困惑している。それはマメにもわかった。ふすまの向こうには夷の気配もあった。先程から会話を聞いているはずだが、客間に入ってはこない。無礼な客人を追い出すならば、夷もまた容赦がないところだが、主《あるじ》同様に躊躇《ためら》っているのだ。

――優しすぎるんだよ、ここの人たちはさ。

自分の奥でまた声がする。し、とマメは言い聞かせる。

――お前も同じだもんな。お優しい。だから俺がちっとも出て行けない。

僕の中にいるのはいやなの？　そう問いかけると、べつに、と返してくる。

――以前ほどいやじゃない。もうずいぶん溶けあって、ひとつになりかけてるし……

それは悪くない。ただ、どうしても溶けにくいところもある。気づいてるだろ？

そう、マメもわかっていた。

かつて自分の中にあったふたつの人格は、いまやほとんど融合した。トウの人格はマメに溶け込み、けれどトウの持っていた暴力性だけが、マメにはまだ受け入れられないのだ。暴力の是非の問題ではない。人は誰しも自分の中に暴力衝動を抱えていて、おそらくそれは、ヒトという種が生き残るために必要だったはずだ。そこを否定する気はない。

ただ——マメは怖いのだ。

自分の中にもまた、強烈な暴力衝動があることが怖い。だからこそ、それをトウに肩代わりさせてきた。けれど、トウという人格が完全にマメに溶け込むためにはその暴力衝動をも受け入れなければならない。そして自分の理性で、その荒々しさをコントロールできなければならないのだ。

「私の指を、どうお使いになろうというのです？」

「申せません……」

「私の指でなければならない理由があるのですね？」

「申せません……ああ、誠に、申しわけありません。けどお願いするしかございません。どうか指を。たった一本だけ、どうか」

これでは話にならない。

この人を招き入れた責任を感じ、マメは思わず「あの、いくらなんでもそれは……」

と口を開いた。すると老婦人の涙目がこちらを向き、今度はマメに向かって「申しわけございません」と謝罪する。

「いえ、その……謝っていただきたいわけではなく……」

「本当に申しわけございません。けれど、指をいただかなければなりません」

額を畳にこすりつけるようにして、懇願が続く。

洗足は腕組みをして考え込んでいるようだった。怒鳴るわけにもいかないし、あの細い腕を摑《つか》んで立たせ、力尽くで追い出すというのもあまりに気の毒だ。だとしたら警察を呼ぶ？　それはもっと可哀想な気がする。

「いやいやいや、無理っしょ！」

唐突に、客間の空気を一変させる声がした。

スパン、と無遠慮に襖《ふすま》が開き、驚いたマメが見つけたのは甲藤明四士《あきよし》だ。バイクで来たのだろう、分厚い防寒ジャケットに、革のパンツ、ヘルメットを抱えて廊下に立っている。髪がちょっと潰《つぶ》れてしまっているのを手櫛《てぐし》で直し「もー、ビックリっすよ！」と独特の甲高い声を上げた。

「指とか無理っしょ、どう考えても！　そんなホイホイ切ってあげられるもんじゃないものー。第一、痛いじゃないすか。間違いなく痛い。超痛い！　っていうか、そこのちっさい刀で切れる気がしないって。骨とかどうすんの？」

ほとんど喚《わめ》く勢いで言いながらのしのしと客間に入ってくる。そして一度屈《かが》み、ヘルメットを畳の上に置くと、

「失礼しますよー、よっこいせ！」

掛け声とともに、なんと、老婦人を横抱えに抱き上げた。

これにはマメも仰天し、珍しく洗足も目を丸くしている。無論、老婦人も「ひっ」と短い悲鳴を上げた。足袋《たび》を穿《は》いた足がバタバタする。

「はいはい、落ちるからじっとしてー」

甲藤は構わず、大股《おおまた》で歩き出した。こうなるともう、老婦人も甲藤にしがみつくしかない。

「手荒なことしたくないけど、お姫様だっこならギリセーフってことで、すんません。ばあちゃん、もう帰ろーね。どんだけ頭下げたところで、ウチの先生の指をあげるわけにいかないしさー。見てるこっちもなんかツライのよ。あ、チビちゃん、ばーちゃんの荷物持ってきたげて。コートとショールもな」

「あっ、はい」

マメは老婦人の荷物や衣類を抱え、甲藤のあとを追う。廊下では夷も やっぱり、驚いた表情で肩を竦《すく》めていた。

「あ、あの、夷さんがあれを……？」

ああして連れ出せと、甲藤に命じたのか——マメはそう聞いたわけだが「いいえ」という返事だった。

「私はなにも。ただ、今取り込み中だから静かに、と言っただけだよ。……なんとも、彼らしい強引さだが……」

結果としては助かったね——ボソリと夷はそう言った。

確かに、洗足家の三人では、あの解決方法には至らなかっただろう。最終的になんとか帰ってもらえたとしても、かなり時間がかかったはずだ。

マメは玄関の草履も持って、外に出た。

「おー、チビちゃん。それ、履かせてあげてくれ」

「はい。失礼します」

老婦人の小さな足が草履を履き終えると、身体がゆっくり降ろされる。呼吸が少し乱れ、まだ動揺は収まらないようだが、それでもマメの差しだした荷物は受け取った。

「……お邪魔いたしました……」

諦《あきら》めたのだろう。小さく言い、頭を下げる。

マメはどう返したらいいのかわからない。またいらしてくださいね、と言えるはずもなく、ただ同じように頭を下げるしかできなかった。そんな気まずい空気の中、

「ばあちゃん、もう来ちゃだめだぞ！」

甲藤がズバリと言う。老婦人は悲しげに甲藤を見上げた。

「ここんちの人は優しいから、ばあちゃんみたいなお年寄りに頭を下げられっと、強く拒絶できねーんだよ。だからって、アレはねえだろ。初対面の相手に、指をくれとかさあ。いやいや、初対面じゃなくてもダメだし。たぶんばあちゃんにもなんか事情があんだとは思うけど、でもダメだ。あの先生の身体に傷をつけるようなことは、この俺が、《犬神《いぬがみ》》が許さねーんで、ひとつよろしく」

「さようにございますか……ええ、そうでしょう……ご迷惑にござりましょう……」

それでも、と老婦人は続けた。

項垂《うなだ》れ、力なく、悲しげな目で暗い地面を見つめながら言うのだ。

「それでも……また参ります……《鬼指》はまた参ります……指がいただけるまで参りますが……今宵《こよい》はこれにて……」

ザリリ、と草履がアスファルトを擦《こす》る音がする。歩幅の小さな老婦人はじわじわと遠ざかり、角を曲がるまで、マメと甲藤はその場に立っていた。見送っていたというより、ちゃんと帰ってくれるか見張っていた感じだ。

「《鬼指》？　そんな妖人《ようじん》いんのか？」

甲藤に聞かれ、マメは「いないと思います」と答える。

「さきほど、先生が聞いたことがない、とおっしゃってましたから……」

「だよなあ。聞いたことねーもん。まあ、俺が知らねえ妖人は結構いるんだろうけど……はっくしょん！」

甲藤のくしゃみに、マメは慌てて「中に入りましょう」と言った。ちょうど同じタイミングで、玄関から夷が顔を出し、

「ふたりとも、茶の間へ。温かいものを飲みなさい」

と言ってくれる。いまだ、タイミングによってはすぐ追い返されることもある甲藤は「やった！」と小さくガッツポーズを取り、それを見てマメは微笑《ほほえ》んだ。きっと夷はジンジャーミルクティーを作ってくれるだろう。最近のマメのお気に入りなのだ。はちみつの甘さに癒《い》やされ、ショウガの作用で身体がとても温まる。

その予感は的中し、ジンジャーミルクティーとビスケットが振る舞われた。

それらはとても美味だったが――お茶を前にした話題は深刻なもので、マメはマグカップを両手で包んだまま、身体を強《こわ》ばらせる。

「鉈《なた》で……襲われた……？」

洗足が静かに頷《うなず》き「黙ってて悪かったね」と謝った。

「もう少し状況がわかってから、話そうと思っていたんですよ。今、『結《ゆい》』に動いてもらっている」

『結』とは、妖人によって構成された、一種の相互扶助組織だ。

妖人という言葉が生まれるよりも早く存在し、その成立には洗足の生母であるタリが深く関わっていたと聞いている。通常は文字通り、妖人同士が助け合うための組織だが、時には情報収集のためにも動くらしい。

「いや、けど……鉈っすよね？　鉈で襲われるって、穏やかじゃなさすぎっすよ。なんですぐ警察に届けなかったんすか？」

甲藤の質問はもっともだ。なぜ脇坂や鱗田に相談しなかったのだろう。

「犠牲者を、増やしたくないんですよ」

洗足は答えた。甲藤が「犠牲者？」と首を傾げる。マメも意味がよくわからず、洗足を見つめた。

「あたしを襲ってきた男はね、こう名乗ったんです。『私はリセイのツミを知るシシンだ』と。最初は意味がわからなかったが、ある文献を思い出して……シシンが人名だと気づきました」

「えっ、誰なんすか？」

「言っても甲藤くんは知らないよ。まあ、そこはどうでもいいんです。問題はどうしてそんな名乗りを上げたのか、という点でしょう。あたしを殺したいだけなら、黙って襲いかかったほうがいいに決まってる。なのに、わざわざ名乗った。あたしの予想では、たぶん、何者かに言わされたんだろうと」

言わされた……。そう言えと命じられた？

あるいは、なにかの暗示にかけられて？　だとしたら、それは……。

「また……青目なんでしょうか……？」

この名を口にするときは、いつも声が小さくなってしまう。そんな自分に嫌気がさし、マメは今一度、

「先生を襲った人は、青目によって操られた……つまり、また、青目のゲームが始まった可能性があるんでしょうか？」

と今度は意識して明瞭《めいりょう》な声音を出してみる。

「断定はできないが、可能性はあるね」

洗足はやや低く、そう答えた。それから少し口調を軽くして、

「ビスケット、まだあるかい？」

夷に尋ねる。夷が頷いて、茶箪笥《ちゃだんす》のガラス戸を開けた。甲藤もビスケットを手にしてサクサク齧《かじ》りだし「あ、これうめぇ」と言う。

「いずれにしても、これが何者かに仕組まれたことならば、あたしを襲った人はあくまで駒というわけだ。駒を配置し、動かしている者は、恐らくかなり頭が切れる。警察がどう動くかも予想済みだろうし、警察内部に間諜《かんちょう》がいるかもしれない」

「かんちょう？」

「スパイだよ、甲藤くん」

洗足が答えると、甲藤はビスケットの屑《くず》を口の端につけたまま「え」と少し笑い「まさか、そんな」と続けた。

「いないとは限らないだろう？　スパイなんてのは、相手が『ここにいて欲しくない』という場所にこそ、忍ばせる意味があるんだから」

「えー、そんなもんすかね……」

「そんなものだ。とにかく、あたしが警察に通報し、警察が鉈男を見つけた場合——警察が確保するより早く、鉈男を始末してしまうかもしれない。口封じだね。駒はひとつ減るが、また別の駒を動かせばいいだけだ」

だから警察には知らせない——その判断を間違っているとは思わないのだが、マメの中の不安は消えない。確かに警察を全面的に信頼できるわけではない。警察内部にスパイをひそませる手管は、いかにも青目がやりそうだ。それでも、脇坂と鱗田だけは信用していいとマメは思っている。せめてあのふたりだけにでも、現状を相談できればと思ってしまうのだ。

「あのー」

甲藤がビスケット屑を唇につけたまま小さく挙手した。洗足が視線で発言を許す。

「その、真犯人的なそいつは、駒になる人間を何人も用意してるってことすか？」

「そう。今のところ、自分で直接動く気はないらしい」

「つーことは、さっきのばあちゃんも、もしかして……」

甲藤の言葉にマメは「あ」と思わず声を上げた。

妖人ではないのに妖人だと名乗る。

しかも、《シシン》も《鬼指》も、洗足の知らない妖人属性だった。

さらに、ひとりめは洗足に鉈を翳《かざ》し、二人目は指をくれと言い――。

「おや、甲藤くん、今日はだいぶ脳の血液循環がいいようだ。口の周りのビスケットの屑を取れば、もっと利口に見えるかもしれないよ。……そう、先程の老婦人は二つ目の駒なんだろう。あの人たちが使い捨てられることを、あたしは望まない」

薄く笑いながら洗足は言い、自分の指を眺め「不思議なのは」と続けた。

「どうして命ではなく、指を欲しがったか、だね」

「えっと……そりゃ、あのばあちゃんが《鬼指》だからじゃ？」

「甲藤くんのお利口タイムはもう終了かい。早いな」

「や、ホントにそういう妖人だからって意味じゃなく、そういう役割だったから……」

「だから、なぜそんな役割を与えられたのか、という疑問だよ。役割、或《あ》るいは設定と言ってもいい。鉈で斬りかかるにしろ、指を欲しがるにしろ、あたしを害しようという点では同じだ。だが、命を狙うのではなく、指。どうやらこの筋書きを考えた者は、あたしに謎かけをしてるようだ」

　謎かけ、役割、設定。

　まるでゲームを、あるいは物語を創るような犯罪。

「やっぱり、青目のやり方に似てます」

　マメが言うと、洗足は「確かにね」と頷いた。

　青目甲斐児はいつもそうだ。自らが作った物語の中に、洗足を引き込もうとしている。いや、最初から青目の作る物語はすべて、洗足が主人公なのかもしれない。その執着は異常であり、だが同時に理解もできるからいやになる。

　そう、わかるのだ。

　マメもまた、洗足伊織という人を絶対に失いたくないと思っているのだから。

「設定の理由も、自分で考えろ——ということなんだろうな……」

　洗足が呟《つぶや》くように言った時、カタタッと音がした。

　マメはビクリと身をすくめたが、風がガラス戸を叩《たた》いただけだ。窓の外、冬の凍《い》てつく風がマメの小心を嗤《わら》っているようだ。

「あのばあちゃんの身元とか、調べた方がいいんじゃないすか？」

　甲藤が言い、洗足は夷から新しいお茶をうけとりながら「そうだねえ」と少し疲れた様子で頷く。

「ひたすら受け身をとっていれば終わる試合、というわけではなさそうだ。あのご婦人がどこの誰なのか調べる必要はある。そうこうしてるうちに、次が来るだろうし」

「え」

マメは思わず身を乗り出した。

「先生、まさか……まだ来る、と？」

怯《おび》えた表情になってしまったのだろう、洗足が困ったように笑いながら「十中八九、来るね」と答える。

「古今東西、こういった謎かけが二つで終わることはない。だいたい三つまであるのが定番だよ。だとしたら三人目が来る。さて次は……」

洗足はお茶をひとくち飲み、薄い唇から吐息を小さく零《こぼ》したあと、

「どんな妖人《ようじん》やら」

そう言って虚空を見た。

五

——きみに任せようかと思ってね。

最初は耳を疑った。

——マメと一緒に行ってもらいますが、あの子は最近少し不安定なようだ。もちろんきみより腕力もない。だから万一の時は、マメを守ってもらわなければ困る。絶対にそうすると、誓えるかい？

そう問われ、束《つか》の間息をのみ、だがすぐに頷《うなず》いた。何度も頷いた。頷きながら、自分の中で（本当かよ？）という声が聞こえたが、無視した。

守れる。腕っぷしには自信がある。風格ある《管狐》の夷には負けるが、これでも《犬神》だ。マメのことは必ず守ると約束した。

——では、頼んだよ。

あの人は……洗足伊織はそう言って、少し、ほんの少し、本当に少しだけ、笑った。笑いかけてくれたのだ。

それは上っ面だけのお愛想笑いではなかったし、マメを守ると約束した甲藤へ対しての感謝とも違った。全面の信頼があったわけではないと思う。むしろ、多少の躊躇《ためら》いは見て取れた。喩《たと》えるなら……だいぶマシになってきたけれど、まだ出来の悪い子供に、それでも機会を与えてみよう……そう判断した保護者のような微笑《ほほえ》みだった。

それが嬉《うれ》しかった。

自分でもびっくりするくらいに嬉しかった。では、頼んだよ——洗足のその声が耳の奥にひっそりと棲《す》み続け、甲藤は何度もそれを再生した。こんなことで喜んでる場合かよと、自分を揶揄《やゆ》する自分もいたけれど……嬉しいという気持ちは消せなかった。

《犬神》はいつでも主《あるじ》を探している。切望している。

洗足にはすでに夷という唯一無二の《管狐》がいて、甲藤の主になってくれることはない。それでも頼られれば嬉しかった。だからこそ失敗はできない。普段より少し肩に力が入ってしまうのも、そのせいだろう。

「甲藤さん？」

隣を歩くマメが甲藤を見上げている。マメは幾らか身長が伸びたが、それでもまだ甲藤のほうがだいぶ高い。

「ん、なに？」

「あの、違ってたらごめんなさい。もしかして、少し緊張してますか？」

「げっ、マジか。なんでわかんの？　《小豆《あず》とぎ》》ってそういう能力あったけ？」

ないですよ、とマメが笑った。

「僕はほんと、なんの能力もないんです。だからいつも守ってもらうばっかりで……今回もそうですよね。すみません。なるべく、足手まといにならないようにするので」

「えっ、なに、なんで謝んのっ。むしろチビちゃんがいてくんないと困るんだよ。だってさあ、俺こんな見てくれだぜ……？　どうしてもチンピラ感滲《にじ》み出るんだよなあ……。俺がピンポンしても、ドア開けてもらえねーよ」

黒い革ブルゾンに、革パンツのベルトバックルはスカルデザイン……甲藤はこの類《たぐい》の服がほとんどなのだ。もちろんそれが自分のスタイルであり、格好いいと思って着ているわけだが……洗足や夷を知ってから、派手ではないが品がいい服の良さが少しずつわかるようになってきた。悔しいことに、あの脇坂もまたそういう系統のファッションである。

「そうでしょうか。僕なら開けますよ？」

「マジかよ。おっかなくね？」

「かっこいいです。僕には絶対似合わないので、憧《あこが》れます」

「……チビちゃんはいい子だなあ……」

しみじみそう呟いてしまう。

「けど、フツーはたぶん開けてくんねーよ。だから聞き込みするなら、チビちゃんのほうがいいんだって。俺がむしろオマケなの」

オマケで、ボディガード。それが自分の役割だと甲藤は認識している。

《鬼指》を名乗った老婦人について、情報が欲しい——それが洗足からの依頼だ。住んでいる場所については、もうわかっていた。老婦人が訪ねてきた夜、すでに《結》の誰かが尾行を命じられていたらしい。《結》という組織について、甲藤は詳しく知っているわけではない。だが、夷が数人と密に連絡を取っていることは薄々勘づいていた。

「でも、僕、ほんとにただ聞くことしかできませんよ？」

「それでいいんだと思うぞ。……あ、あのアパートだな」

最寄駅から二十分ほど歩いた住宅地にある、かなり古いアパートだ。

部屋番号は１０２と聞いていたが、表札は出ていない。

さてどうするか。

いきなり訪問するよりも、張り込んだほうがいいのだろうか。目立たない場所でしばらく待っていたら、あの老婦人が出てくるかもしれない。留守ならば、戻ってくる可能性もある。少しばかり忍耐が必要だが、それが得策だろう。待機するのに適した場所を目で探していると……。

ビィー。

古めかしいブザーの音がし、甲藤は「えっ」と首《こうべ》を巡らせた。

マメがあたりまえのように、１０２号室の呼び鈴ボタンを押している。

ビィービィー。

続けて押しながら「あれ、お留守かなあ」と首を傾げている。

つまりマメは、本人に面と向かって「あなたはどこの誰ですか」と聞くつもりらしい。たしかにそれもひとつの方法かもしれないが……甲藤にとっては予想外だったので、ちょっとポカンとしてしまった。隠れて相手を見張るとか、周囲からこっそり情報を収集するとか、そういう考えがマメにはまったくないようだ。

ブザーに返答はない。すると今度は、コンコンコンと軽やかにドアをノックしながら「こんにちは、いらっしゃいませんか？」と可愛らしい声で尋ねだす。もしも相手がいたとしても、ブザーで応答がないならば居留守を使っているわけだから、声をかけたところでどのみち現れないと思うわけだが……マメは「こんにちはー、すみませーん」と屈託なく、だが粘り強く繰り返す。

と、ドアが開いた。

ただし、隣のである。

「どうしたのぉー？」

顔を覗《のぞ》かせたのは、くたびれた表情の中年女だ。長い髪は適当に括《くく》っただけ、上下ともジャージ姿に、毛玉だらけの靴下でサンダルをつっかけ、鼻の下を掻《か》いている。

まずマメを見て（へえ、可愛い子）という顔をし、次に甲藤を見て（なんだこいつ）と眉《まゆ》を寄せた。やっぱりな、の展開だ。甲藤もスタイルや顔の造作はそこそこだと自負しているし、場によってはモテる。だが、いわゆる真っ当さ、無害さ、安心感……そういった印象はない。だからこうして睨《にら》まれる。内心面白くはなかったが、ここはマメの邪魔をしないよう、一歩退いておいた。

「あっ、すみません、お騒がせしました……」

「いやー、それはいいんだけどさあ……お隣さん、いないと思うよ。ぜんぜん物音してないし。ここ、壁薄いからさあ、生活音わかるんだよ」

「そうですか、お留守ですか。……あっ」

マメはただでさえ大きい目をパッと開くと、女の顔をじっと見た。そしてぱちぱちと瞬《まばた》きをして「お姉さん、まつげが」と言う。

「え？」

「まつげ、抜けちゃったのが引っかかってて……目に、入りそうです。ここのとこ」

自分の目の際に触れ、位置を教える。女は顔に手をやったが、逆の目だった。するとマメは、

「あの、失礼します」

ツイと近寄ったかと思うと、自分より背の高い女の頬を、ふわりと両手で包む。

「え、え?」

ものすごい至近距離である。当然、女は戸惑った。マメのような美少年が……実際は二十歳過ぎているものの、見た目はものすごくかわいい高校生男子であるマメが、どすっぴんのイモジャージに急接近である。幾ら色気のない女だって焦るだろう。

「目を閉じてくださいますか?」

「はっ?」

「目を」

実のところ、甲藤もいったいなにが起きているのかと、かなり戸惑っていた。ジャージ女に至っては、もはやパニックで思考停止に陥っているのか、言われるがまま、ギュッと目をつむる。

ふうっ。

マメが息を女の目元に吹きかけた。

女の前髪がふわりと浮き上がり……まつげが一本、ハラリと落ちる。

「よかった、取れました!」

その無垢《むく》な声は、なんというかもう罪である。

女は目を開け、ニコニコ笑っているマメを間近で見つめながら、ぱあっと顔を赤くした。目がやや潤み、なぜか肌まで艶《つや》めいてきた。女性ホルモンの作用だろうか……。

「ええと……その、ありがとね……」

「いいえ！　僕もこうしてもらったことがあって。目に入りかけたまつげは、触ると危ないからって」

「そ、そうなんだ……」

女の表情や声音が（なにこの子天使なの可愛すぎる頭からガブガブ食べちゃいたい……）と内心を語っている。甲藤はほとんど呆気《あっけ》にとられていた。なんというタラシっぷりだろうか。もちろん本人は無自覚だろうし、だからこそ天然パワーのタラシ効果が遺憾なく発揮されてしまうわけで……。

「ええと……きみは、タズさんの親戚《しんせき》とか……？」

ほら、もう情報開示が始まった。

タズさん。それがあの老婦人の名前らしい。あるいは姓のほうだろうか。ここでハイと返事をすればこのあと話が聞きやすいのに、正直者のマメは「いいえ、そうではありません」と答えてしまう。

「でも、お会いして話を聞きたいんです。たぶんあの方はなにかトラブルに巻き込まれていて……もしかしたら、お力になれるかもしれないので」

この言葉に嘘偽りはなく、マメは本気でそう思っているのだろう。世の中に嘘つきは多く、だからこそ人は嘘を見抜くスキルを身につける。

甲藤の経験則からすると、女のほうが嘘を見抜くのがうまい。それはたぶん、女のほうが嘘によって傷付けられるリスクが高いからかもしれない。甲藤自身もかつては、女を騙《だま》すような小狡《こずる》さを活用し、益を得ていたこともあった。それを深く反省するほど殊勝になったわけではないが……少なくとも、同じことを繰り返そうとは思わなくなった。

この変化を歓迎すべきなのか——自分でも、いまだわからない。

「ああ、タズさん、色々大変なことあったみたいだもんねえ」

「お姉さんも、話を聞いてるんですね」

お姉さんという歳じゃないだろ、という余計なつっこみは無用である。

「前にさー、田舎から段ボールでサツマイモが送られてきてさ、あたし料理なんかほとんどしないから、困っちゃって。で、お隣にもらってもらったの。そしたら、煮物ときんとんになって返ってきたんだよね」

その時、しばらく会話をしたそうだ。

彼女は娘と孫を亡くしているという。

「きんとん、娘さんの好物だったんだって。なんか事情があって、五歳くらいの時に、一緒に暮らせなくなったとか……涙ぐみながら話してた。だからもちろん、お孫さんにも会ったことなくて。娘さんが亡くなった知らせが入った時、初めて赤ちゃんがいたことわかったんだって……娘さんとお孫さん、一緒に死んじゃったのかなあ？　そのへん詳しくは聞かなかったけど、病気って感じではなかったんだよね……突然の……事故とか……」

「そんなことが……」

話を聞きながらマメの目がじわりと潤んだ。涙を流すには至らなかったが、本気で悲しんでいるのが伝わってくる。感情豊かなマメに釣られたのか、女の方まで目を赤くして「子供と孫に先立たれるなんて、しんどいよね」と呟《つぶや》く。

洗足が、マメにこの役割をさせた理由がよくわかった。マメの可愛らしい外見は、もちろん人の警戒心を解くだろう。けれど重要なのはそこではない。他者の感情に、とりわけ弱者の感情に、素直に寄り添うことができる……それがマメの真価なのだ。

「タズさん、たぶん病院行ってると思うよ。持病があるから、週に二日は病院通いなんだよね。最近は顔色もよくないし……ちょっと心配」

「ほかにご家族はいらっしゃらないんでしょうか」

「んー、少なくともここには誰も訪ねてこないね」

「そうですか……」

マメがしょんぼりと俯《うつむ》く。孤独で病がちな老婦人に同情しているのだろう。

「ありがとうございます。お時間とらせてすみませんでした」

「ううん、ぜんぜん。……ところで、あの人誰?」

甲藤をチラと見て、女はマメに問う。

「え? あ、僕の友人です」

「友人……へえ……?」

「ここまでバイクで連れてきてくれたんです。かっこいいバイクなんですよ! すごくスピードが出るけど、でも僕が一緒の時は、安全運転をしてくれます」

「ふーん、そうなんだ。ならいいけど。……あのさ、ちょっと待ってて」

女はそう言って、一度部屋の中に戻った。

え、なんだよ、と甲藤はいくらか焦る。通報したりとかしねえだろうな、と不安になり、閉じたドアに近寄った。《犬神》の耳で中の様子を窺《うかが》おうとした時、

「うおっ」

ドアが開いたので、驚いて跳ねるように退く。

「これ」

女が、甲藤に差しだしたのは使い捨てカイロだった。ふたつある。

「……あたしも昔、二輪乗ってた。今日も寒いし、気をつけて」

「あ、ハイ。どもっす」

女は無愛想なままで頷《うなず》き、それからマメを見て、今度はちゃんと微笑《ほほえ》んだ。マメも笑顔で「ありがとうございます」と礼を言う。

なんだ、これ。

この感じはなんだ。

ただのカイロだ。赤の他人からの、ちょっとした親切。それに、マメが一緒にいるからだ。自分だけに向けられたものではない。なのに、なんだかフワフワする。身体の奥、胸のあたりがこそばゆいような……。

その感覚を振り切って、「行こうぜ」とマメに言った。

ふたりでアパートを後にする。成果はあった。タズという名前。そして、娘と孫を失った不幸な過去。事故か……あるいは、事件。

「なあ、チビちゃん」

バイクは近くにあった商業施設のパーキングに停めたので、歩きながら話す。

「さっきの……あの、まつげとるヤツだけどよ」

「はい」

「あれ、先生がやってくれたの？　息でフウッて？」

「あ、あれは夷さんです。ぼくが前、目を擦《こす》ろうとしたら、だめだよって」

「ああ……夷さん」

「夷さんも、子供の頃、お母さんにしてもらったそうです」

「そっかあ。なんかほのぼのしてんな～」

夷がマメに、フウッとしている光景……それは容易に想像できた。

「先生も、たまにフウッてされてますよ」

「……へ？」

「先生、まつげ長いですからねえ」

「……えーと……それって、夷さんが先生の顔をこう、こうして挟んで、フウッってしてんの……？」

「そうそう」

マメはニコニコと肯定するが、なんだかそれは……大の大人がふたり……しかもあのふたりとなるとなんだかこう…………その図を想像すると、なにやらそわそわした心持ちになってしまう甲藤である。

「ま、まあ……うん、仲がいいよな、いつも……」

「はい！」

「あと、さっき、ありがとな。ジャージ女がさ、俺のこと怪しんでた時、友達って誤魔化してくれて……」

「誤魔化して？」

マメが首を傾げる。どういう意味ですか、と大きな目が聞いていた。

「え、いや、だって……友達、とはちょっと違うだろ、俺たち」

「えっ、違うんですか……？」

「えっ」

「えっ」

ふたりで立ち止まり、互いに顔を見合わせてしまう。

数秒後、マメの表情がみるみる曇ってしまい、甲藤は慌てて「いやっ、違うっ、そうじゃなくて、ち、違わないっ」と早口になった。自分でもなにを言ってるのか混乱してくる。知り合いとか、知人とか、関係者とか……言い方は色々だろうが、自分はそんな存在だと思っていた。いまだ、友人の域には達していないだろうと。もちろん、マメの役に立ったこともあるし、それなりに認めてもらえてはいるだろうが……。

でも、なんとなく、友達と言ってはいけないような気がしていて。

こんなに純粋な、だからこそ時に不器用で、人より傷つきながら生きているマメが、自分を友と思うはずはない。そんなふうに思い込んでいた。いや、言い聞かせていた。

期待しないようにと。

そんな資格はないのだから、と。

「やっぱり……僕みたいな子供だと……友達にはなれないでしょうか……」

「そんなことねーよ！　見た目はアレだけど、チビちゃんもう大人だし、ただ、その、俺みたいにガラの悪いのが友達なんて、先生が許さないんじゃ……」

「先生はそんなことで人を判断なさいません」

「…………だよな」

知っている。

許さないのは洗足ではない。もちろん夷でもない。他ならない、自分なのだろう。甲藤自身が、自分をマメの友としてふさわしくないと思っているのだ。

「……俺、チビちゃんとダチになりてぇな」

苦笑いで本音が漏れた。マメは「僕はそう思ってます」と言ってくれたし、それはとても嬉《うれ》しかったけれど、その言葉を受け止められない自分がいるのだ。

「俺、顔見知り程度は多くても、ダチ少ねーからなあ」

「甲藤さん、脇坂さんとだって仲よしじゃないですか」

「いや、よくないだろ。あのスイーツ刑事《デカ》とはまったく、気が合わねえ。……あいつ、相変わらず、図々《ずうずう》しく出入りしてんの？」

尋ねると、マメは少しさみしそうに「最近はあんまり……」と答えた。

「連絡もなくて……。少し前にいらした時、一緒に夕飯を食べたんです。そのあと、僕がお風呂《ふろ》に入ってるあいだに……なにかあったのかもしれません。お風呂から出たら、もう脇坂さんはいなくて……」

「なんかヘマして、先生を怒らせたとか？」

「そうなのかなあ……」

小さな声でマメが言う。

本当に出禁を食らったのならば、いい気味である。脇坂はあの家に入り浸り過ぎたのだろう。もともと洗足は、刑事だの警察だのにテリトリーを侵害されるのは嫌だったはずだ。

それでも、マメがしょげているのを見るのは忍びなく、

「そのうち、けろっとした顔で来やがるって」

と言っておく。するとマメも「そうですよね」と気を取り直し、笑みを見せた。甲藤もつられて笑いかけたのだが――。

「……チビちゃん」

足を止め、硬い声で呼ぶ。

マメは一瞬きょとんとしたが、すぐに甲藤の意を察し、身体を緊張させた。

わかる。いる。

不穏な気配が《犬神》の鼻に届いている。

大規模な駐車場のバイク置き場は、車の出入りとかち合わないよう、裏手に造られていた。人通りは少なく、係員もいない。

柱の陰に、三人。大型バンの陰には二人。

こちらを注視して、飛び出すタイミングを計っている。

五人かよ、と甲藤は内心で舌打ちをした。相手が人間ならば、五人など造作もない。敵が妖人《ようじん》だとしても、夷ほどの凄腕《すごうで》ではない限り、やれる自信はあった。だが、今は自分だけではないのだ。マメを守りながら五人の相手をするとなると、難易度が高い。しかも、二手から出てくるとなると、さらに厄介だ。

「……いったん、逃げろ。斜め左の柱を大回りしてから、車列に紛れ込んで時間を稼いでくれ」

「は、はい」

「あんまり俺から離れすぎんなよ」

「わかりました」

答える声は小さかったが、しっかりと頷《うなず》く。

合図とともに、マメが走り出す。

すぐにそれを追う男が二人飛び出した。残る三人が甲藤に向かってくる。全員体格のいい男で、黒っぽい地味な服装、そして無表情……。

こりゃやべえな、と甲藤は身構えた。ケンカ沙汰《ざた》で小遣いが稼げることを喜ぶチンピラならよかったのだが、そうではなさそうだ。

短時間ですませる必要があった。

肺に酸素を満たし、集中する。低い姿勢で走り、一気に間合いを詰めた。甲藤の速さに一人目がたじろいだが、後ずさる暇は与えなかった。

衝突の寸前、頭の高さを変える。

「……がッ！」

呻《うめ》き声と衝撃音が交じり、そいつは倒れた。甲藤の頭突きが、顎《あご》にきれいに入ったのだ。パッと血が散ったのは、おそらく舌を噛《か》んだのだろう。

けれど気は抜けない。

二人目が甲藤の腕を摑《つか》んだ。強い力で捻《ひね》り上げられる。肩関節を外そうとしているのがわかったが、そうはさせない。その場で強く地を蹴《け》って、身体ごと空中で回転する。《犬神》は腕力が強いだけではなく、敏捷性《びんしょう》もバネも人並み外れているのだ。甲藤が再び地に足をつける時には、捻られているのは相手の腕になっており、「くそっ」と悪態をつきながら手を放して距離を取った。

いや、取ろうとした。甲藤が許さなかったが。

一度地につけた足で、再び跳躍する。

狙ったのは今度も顎だ。顎への衝撃は、頭を、つまり脳を揺らすことができる。ボクサーが試合中に必ず顎を引いているのは、有効打を食らいやすいそこを守るためだ。相手もそれはよく承知だったろうが、甲藤の速さが勝った。

声もなく、頽《くずお》れる。

「捕まえた！」

「おい、気をつけろ。死なない程度にだぞ！」

聞こえてきたのは、マメを追っている連中の声だ。

しまった、助けに行かなければ――。

身を翻した時、背中に衝撃が走る。視界から消えていた三人目の跳び蹴りがヒットした。息が詰まる。この重い衝撃からして、格闘技経験者だ。常人ならばそのまま倒れただろうが、甲藤は堪《こら》えた。足を踏ん張り、振り向かないままで気配を探す。どこだ？　空気の流れを読め――右から、だ。こめかみにむかってきた拳《こぶし》を紙一重で避《よ》け、そのまま身体を後ろに傾けながら、相手の首に腕を巻きつけた。

「ぐえっ」

手加減はしない。そのまま腕に目一杯力をいれ、頸動脈《けいどうみゃく》を圧する。落ちろ、早く落ちろ……念じる甲藤の耳に、マメを追っている男たちの声が届く。なにしてんだ、逃すな、押さえろ、暴れんじゃねえ……。

くそう、早く落ちろよ。

さらに力を込める。男のがっちりした身体が脱力した。

と同時に、ぎゃっ、と短い叫びが聞こえて甲藤の背中がひやりとする。

「チビちゃん！」

男を捨てるようにして、駆け出す。

十数メートル先、駐車列の向こうに気配があった。だが、叫び声のあとはもうなにも……いや、息づかいだけは聞き取れる。ヒッヒッ、と短く荒い息。

そして、血のにおい。

「チビちゃ……」

やっと視認できた刹那《せつな》、甲藤は固まった。

倒れている。

全員だ。三人全員。

一番小さな身体はすぐに動いた。マメだ。立ち上がり、甲藤を見た。不快そうに口をモゴモゴと動かし、なにか吐き捨てる。

赤い血と……塊。

ひいぃ、と倒れた男が呻き、首のあたりを庇《かば》うようにしている。かなりの痛みがあるようだし、出血も多い。噛まれたのだ。

もうひとりは完全に気を失い、仰向《あおむ》けに倒れていた。なにがあったのかわからないが、額がボコリと陥没している。少し離れた場所に消火器が転がっているのだが……あれで殴られたのだろうか。

マメが甲藤に気づく。

こちらを見て笑った。血に染まった口のままで。

いや、マメではない。

あの顔は違う。もうひとりだ。か弱いマメを守る、マメの中に棲《す》む、凶暴な者。凶暴にならざるを得なかった者。けれどもう、消えたのではなかったか？　現れることはないはずなんじゃ……。

「……トウ、か？」

呼びかけた刹那、また顔が変わる。愕然《がくぜん》と刮目《かつもく》し、周囲を見渡し、血に汚れた自分の手に気づき、そして口周りに触れ——、

「あ……あ、あ……！」

ガクガクと震えだし、その場で膝《ひざ》を折った。

マメだ。

人格が戻ったのだ。

甲藤は駆け寄り、マメを立ち上がらせると、その身体をしっかりと抱いた。

「大丈夫だ」

そう言ってやらなければと、強く思った。

「もう大丈夫だ。ヤツらは自業自得だよ。こっちは悪くねえ」

「あ……これ、この人、たち……僕が……」

甲藤は自分の手でマメの口の周りを拭《ぬぐ》い「正当防衛だ」とはっきり言った。

マメの身体に大きな怪我はないらしい。それでも震えは止まらない。甲藤は強引な笑顔を作り「すげえよ！」とマメを褒めた。

「一対二、しかも体格差あんのに、見事に沈めたじゃんか！」

「僕、じゃない……トウが……」

「トウでもいいじゃん！　おまえん中にトウがいるなら、それはおまえがやったのと変わんないだろ？　あれだよ、チビちゃんはちゃんと強いんだよ、いざとなったら、こんなふうに悪い奴らを……」

「嫌です！」

悲鳴のように、マメは叫んだ。

「い、嫌です……っ、トウが、じゃなくて……トウをコントロールできない自分が嫌です……！」

「落ち着けよチビちゃん、もう大丈夫だって。けどよ、実際トウは役立つし……」

今回にしても、マメの中のトウが目覚めなかったら、そして甲藤が助けに行くのが間に合わなければ……マメは酷《ひど》い目に遭っていただろう。なにしろ連中は「殺さない程度」などと抜かしていたのだ。

「それに、強いのは悪いことじゃないだろ？」

ここに長くいるべきではない。

甲藤はマメの肩を抱き、移動を始めながらそう言った。よほど恐ろしかったのか、震えの収まらない身体で、マメはそれでも足を動かした。

「いいえ」

マメは首を横に振る。そして甲藤を見上げると、

「こんなのは、強いとは言わない」

潤んだ目に光を湛え、はっきりとそう否定した。

その時やっと、甲藤は気がついた。

マメは恐怖で震えているのではなく、自分に……暴力を振るった自分に、強く憤っているのだと。

六

繰り返し、観る。

何度も何度も、それこそ目を皿のようにして。

見落としはないか、発見はないか、食い入るように観る。ごく短い録画だ。画像も粗い。特殊捜査班の専門家が解像度を上げてくれたが、限界はある。

それを何度も、脇坂は観る。

「……これって」

ふいに、疑問が浮かんだ。隣でぐんにゃりと座っている先輩刑事に「ウロさん、こなんですけど」と声を掛ける。目が疲れてしまったらしい鱗田は「なんだ?」と眉《み》間《けん》を揉《も》みながら、姿勢を直して椅子をギッと鳴らす。

「鉈《なた》の振り方……っていうか、高さ、不自然じゃないですか?」

鱗田は首を傾げつつ立ち上がり、両手で鉈を構える格好をした。そして何度か鉈を振り下ろす仕草をし、最後に画像の男と同じ動きをゆっくりしたあと、

と、いつも通りの、どこかぼんやりした緊張感のない口調で言う。

「そうなんです。低いですよね。僕は鉈で人を襲ったことがないので、想像するしかないんですけど……この男みたいに後ろから相手を襲う場合、明確な殺意があったら首を狙うと思うんですよ。一番確実だし。でもこの男はそうしてない……。ただ、どう見ても素人《しろうと》だし、余裕ないし、どこを狙うべきかなんて考えられなかったのかも。そうなんだとしたら、面積の広い背中が標的になると思うんです。でも……」

脇坂は座ったまま、鉈を構えた格好で振りかぶってみる。

やはり画像の男のような体勢にはならない。画像の中、鉈の構えは低めの位置、さらに縦方向ではなく、横を意識して振られていた。

防犯カメラの画像である。

洗足と夷が、街中で鉈を持った男に襲われた時の映像だ。

洗足が通報したのではない。もちろん夷でもない。ふたりはこの事件を警察に届けなかった。たまたま現場を目撃したのは近隣のビルにいた会社員で、警察官が到着した時にはすでに誰もいなかった。この通報がなく、さらに防犯カメラの設置された道路でなければ、脇坂は洗足が襲われたことなど知りようがなかったわけだ。

正直、落胆した。

　往来で鉈を持った男に襲われる……どう考えても非常事態だ。当然警察に連絡すべきところを、洗足はそうしなかった。その場で通報しないにしても、あとから脇坂に報告を入れるとか……いや、鱗田だけでもいい。少なくとも、その程度は信頼されていると思っていたぶん、ショックだった。しかもこの鉈事件について脇坂が知ったのは、過日、出入り禁止を言い渡された直後だったから、尚更だ。

　あからさまに遠ざけられている。

　邪険にされたり、迷惑がられたり……そういうことはたびたびあった。というより、ほとんどずっとそうだった。けれど今までは口ではああだこうだ言いつつ、結局は受け入れてくれていた。妖琦庵とY対は協力関係にあった。

　だが今回の拒絶は、あまりに頑《かたく》なだ。脇坂は定期的に洗足家に電話を入れているが、応対してくれるのは夷かマメだけであり、面会は断られ続けている。偶然洗足が電話口に出た時など、無言で切られたこともあった。さすがに心が折れそうだ。

「腕、かな」

　脇坂が悶々《もんもん》と考えているあいだに、鱗田は結論に達したようだ。

「え？　腕を狙ってるということですか？」

「ん。この角度だとそういうことになるな」

「どうして腕なんでしょう？」

「それはこいつに聞いてくれよ」

画面の中、銃を持つ男を指さして鱗田は言う。

薄暗い部屋でモニタの明かりに晒《さら》されていると、内面に押し込めたつもりの負の感情がふいに大きくなってしまうものだ。脇坂はつい、

「どうして先生は僕たちを遠ざけるんでしょう」

などと益体もないことを口走ってしまった。

「さあな。なにか事情があるんだろうよ」

「そうだとしても、その事情を僕たちに話す気がないっていうことですよね。信頼されてないっていうことですよね」

「おまえ、それやめろ。信頼されようとか思うな」

呆《あき》れたような鱗田に言われ、脇坂は「無理ですよ、思っちゃいますよ」とつい言い返してしまった。

「信頼されたいって思うの、だめですか？　みんなそう思ってるもんでしょう？」

「あのなあ。『自分は信頼されてないのだろうか？』なんてウダウダと疑ってるやつが、信頼されると思うか？」

「………」

「信頼なんぞ欲しがるな。俺らァ、そのために仕事してるわけじゃないだろ」

酸いも甘いも嚙《か》み分けた、ベテラン刑事の言葉がわからないわけではない。刑事の使命は、人々の安全安心を守るため、正義感を持って事件に向き合うこと——信頼なんて、あとからついてくるものだ。信頼されたいからなにかをするわけではないし、信頼されてないから、なにかをしないというのもおかしい。

でも、それでも……時には期待してしまう。思ってしまう。

自分はこの人に、認められているはずだと。

「ウロさん」

「あぁ？」

「いつまで黙っておくんですか、あのこと」

小鳩ひろむの証言——《鵺《ぬえ》》のことを。

「まだ決めてない」

「先生がいいというまで、上に報告しないつもりですか」

「そんなこたぁないさ。状況次第だ」

「早く情報を共有したほうがいいと思うんですが。……例の事件、僕はいまだに釈然としません。ゲームを楽しむようなやり方は、確かに青目特有のスタイルだし、青目が関わっている可能性も否定はできませんが……」

洗脳実験殺人事件。

捜査はいまだ、暗礁に乗り上げたままだ。他者を洗脳して殺害するやり口は、劇場型犯罪と推定されている。また、洗足伊織が関わっていることから、青目甲斐児が被疑者である線が濃厚とみられてはいるが……それを特定する物的証拠はなにも挙がっていない。

「先生にあれだけ頭を下げられちゃな。もうしばらくは伏せておく」

「どういう状況になったら報告するんです？」

「報告したほうがいいと思える状況になったら、だ」

暖簾《のれん》に腕押しな会話に脇坂は溜息《ためいき》をついた。鱗田が《鵺》について報告しないのは、もちろんなにか考えがあってのことなのだろう。だがその考えを脇坂に教えるつもりはないらしい。

疎外感。

脇坂はこれが苦手である。

脇坂の対人スキルが高いのは、疎外されるのが嫌だからかもしれない。誰とでも仲良くしようなどと、おこがましいことは考えないが……少なくとも極端に嫌われることは避けたい。集団から排除されるのは辛《つら》いことだし、慕っている相手に拒絶されるのは悲しい。洗足家への出入り禁止を食らって以降、かなり落ち込んでいる脇坂なのだが、唯一の救いは……。

「あの子、元気か？　ひろむさん」

「えっ」

まさしく今思い浮かんだ人のことを聞かれ、少し慌てた。

「あ、はい。お元気ですよ。セキュリティのしっかりした部屋に引っ越してもらいましたし、盗聴器のチェックも定期的にしてますし、今のところ問題ありません」

小鳩ひろむは青目に遭遇している。前回は危害を加えられることなく、いわばメッセンジャーとしての役割を与えられただけだが、だからといって安全とは限らない。

「今日、デートか」

「うわ。なんでわかるんですか」

「においが……コロン、か。それがいつもと違うだろ」

「おおお、ウロさんがコロンを語るなんて……！　そうなんです、いつもは柑橘《かんきつ》系にしてるんですけど、今日はJo Maloneのベリーの香りにシダーウッドの……」

「説明はべつにいい」

うんざり顔の鱗田は、シッシと虫でも払うような手つきをして「なら早く帰れよ」と続けた。

「帰ります。帰りますけど……この画像のこと、どうします？　男は腕を狙ってたのかもしれないって、先生に伝えるんですか？」

「男の身元が割れたら、報告に行く。そう時間はかからんだろ」

「その時、僕も同行したいです」

「出禁だろ」

「ダメモトでも」

鱗田は首を大きく回してコキコキと音をさせながら「考えとくよ」と答えた。確約はもらえなかったが、望みはあるわけだ。

「では、お先に失礼します。デートなので」

脇坂の言葉に、鱗田は「お疲れ」とゆるゆる手を振った。

デート、と自分で口にするとだいぶ元気が出てくる。

ロッカーでネクタイを替えるのに、少し迷った。乾いた寒さが続いているので、暖かい色味のくすんだオレンジにしようかと思っていたのだが、今日のスーツと合わせるとちょっと老けて見える。むしろモノトーンのほうがすっきりしていいと判断し、控えめな光沢のシルバーにした。しょっちゅう底を張り替えている靴を少し拭《ふ》いて、埃《ほこり》を落としておく。今夜予約しているレストランはカジュアルな店だけれど、雰囲気は落ち着いているので、ゆったり過ごせるはずだ。小鳩が気に入ってくれることを願いながら、タイのノットを直す。

さあ、デートだ！

……と、足取りも軽く職場を出たのが、小一時間前だったろうか。

「デートではありません」

カトラリーを構えた小鳩ひろむが言う。

刹那《せつな》、脇坂の顔は笑ったままひきつったと思うのだが、幸い小鳩の視線は皿の上のサラダに集中している。ナイフとフォークでサラダを食べるのが、少し苦手らしい。

「……デートではない……の……かな？」

「はい。デートとは言わないでしょう、この場合。会食ですよね」

カイショク。なんとビジネスライクな響きだろうか。違うよ、デートだよ、お互いを好ましく思ってる男女が、ちょっとおしゃれして夜ご飯食べてるんだから、これはもうデートでいいでしょ、デートと言うべきでしょ⁉と、じたばたしてみたかった脇坂だが、無論そんな真似ができるはずもない。

「あはは、まあ、そうとも言えるかな」

などと作り笑いを頑張ってみる。

「……脇坂さんは、デートの相手ならほかにいらっしゃるでしょう？」

「まさか。真っ当な時間に夕食を摂《と》るのも久しぶりです」

「お忙しいんですね。ご迷惑だったでしょうか」

「ぜんぜん。ぜんッぜんです！」

ここは全力で否定しておかなければいけないと、勢いよく首を横に振った。おかげで髪が少し乱れたほどだ。

そう、今日の夕食は、珍しく小鳩から誘ってくれたのである。

聞きたいことがあるとのことだが、理由はなんでもいい。それもあって脇坂は『デート』だと浮かれていたのだが、どうやらひとり相撲だったらしい。

「迷惑なんてことはまったくなく、本当に嬉しく光栄なわけですが………あれかな。僕って、夕食に誘いやすいタイプなんでしょうか……」

「はい？」

やっと小鳩がサラダから目を上げ、こちらを見た。

今日も不機嫌なコツメカワウソみたいで可愛い。仕事帰りなので地味な色合いのスーツだが、襟元に小さなブローチが飾られている。磁器のような質感で、鳥を象《かたど》ったものだ。光り物じゃないあたりが、彼女らしいチョイスだなと思う。

「昔から、女性に食事に誘われることが多いんです」

「もしやモテ自慢でしょうか」

「モテ自慢ならば喜ばしいんですが、本当に友人として誘ってくれるだけなんです。彼氏と行くにはもったいないレストランだから、脇坂くんと来たかったの……と言われたこともあります」

「彼氏と行くのはもったいない、とは？」

「その女性の彼氏は、特別な日に予約したレストランの時も、近所の定食屋に行く時も、同じ服を着てくるそうで……」

「裏表がなくて好ましいと思いますが」

「そうですね。きっと裏表のない性格の人だったんだと思います」

脇坂は微笑《ほほえ》み「でも、たぶん」と続けた。

「彼女のほうは、雰囲気も込みで、そのデートを楽しみたかったんじゃないかな。それを彼氏が察してくれないことが残念だったんだと思います。まあ、二つ星のレストランに彼氏がビーサンで来た時にブチ切れて、それをきっかけに話し合い、今は結婚してお幸せになってます。羨《うらや》ましい限りです」

「結婚、羨ましいですか？」

「結婚が、というより」

脇坂は少し考えて、続ける。

「ケンカして話し合って理解し合えて、一緒にいられることが、かな。『話せばわかる』という手段は、残念ながらいつでも有効というわけじゃないですからねえ。どうしてもわかり合えない人もいるし……。ちゃんと話が通じて、お互い譲歩し合える相手に出会える確率は………あ、すみません」

近くを通りかかったスタッフを呼び止め「お箸《はし》ってあります?」と脇坂は聞いた。

「あ、ありますか。じゃあ二膳《ぜん》、お願いできますか。僕、サラダをフォークで食べるのが苦手で」

スタッフは笑顔で「すぐお持ちいたします」と答えてくれる。

箸が来ると知り、小鳩はカトラリーを置いた。

「ありがとうございます」

「ん?」

「箸を頼んでくださって」

「あ、いいえ。僕もあったほうが」

「脇坂さんはカトラリー使うのお上手じゃないですか。……お友達の皆さんが脇坂さんとレストランに行きたがる気持ちがわかります。さりげなく気遣ってくれて、料理や食材についても詳しくて、かといって自己陶酔的に語ったりしないし……」

「でもモテないんです。不思議ですよね」

冗談を交えた自嘲《じちょう》のつもりで言ったのだが、小鳩は笑うことなく、僅《わず》かに首をかしげてこちらを見ている。

「あの、小鳩さ……ひろむさん」

脇坂は居住まいを正した。呼び方も意識して変える。

「今夜はともかく、その……今後は、会食ではなく、デートを目指したいのですが」

「え？」

小鳩は軽く目を見開き、驚いた様子だった。驚かれてしまうことが、脇坂にとっては驚きである。今まで何度か会う度、それなりに好意を表現してきたつもりだが、まったく伝わってなかったということなのか。

「え……どうして？」

真顔で聞かれて返答に窮する。

どうしてと言われても、それはもちろん小鳩のことが好きだからであり、めちゃくちゃ可愛いと思っているからであり、だがもしかしたら、可愛いと言われるのは嫌なのだろうか。こんなにちんまりと可愛い小鳩だが、弁護士というタフな仕事をしている以上、見た目などよりそのアビリティを評価すべきなのかもしれず、だが脇坂は今のところ小鳩の仕事についてそう詳しいわけではなく……。

「どうしたの？　なんで、ここに？」

あれ。

グルグルと思い悩んでいた脇坂は、やっと小鳩の視線が自分ではなく、やや上方向にずれていると気がついた。

斜め上を振り返ると、ひとりの女の子が立っている。

微笑む彼女は、女の子というより若い女性と言うべきか。十八か十九くらいに見える。いつからなのか、脇坂のすぐ後ろに立っていた。

「うふふ。ひろむさん、みーつけた」

親しげな口調だったが、小鳩のほうは笑っていない。

「そこ通りかかって、感じいいお店だなーって見たら、ひろむさんいるんだもん。びっくりしちゃった。ごめーん、デートだってわかったんだけど、ひろむさんの彼氏どんな人なんだろって気になっちゃって」

「いいえ、彼氏ではありません」

バサッ、と袈裟《けさ》に切られた気分になりながらも、脇坂は「あはは」となんとか笑って見せた。この席ならば確かに、前の通りから見える。もっと奥の席がよかったのだが、予約した時にはもう塞《ふさ》がっていたのだ。

「えーと、その、まだお友達です……あなたは？」

「あたし？　あたしはねえ、《天邪鬼《あまのじゃく》》」

軽い口調の答えが冗談なのかどうか、脇坂は判断に迷った。

「このあいだ、ひろむさんとお話しして楽しかったんだ。また会いたいなあと思ってたから、嬉《うれ》しい。あっ、嬉しいのは嘘じゃないよー。あたしは《天邪鬼》だけど、いつでも嘘ついてるってわけじゃないもの。それに、ひろむさんにはお世話になったし、嘘つかないって決めたんだ」

《天邪鬼》というのは——つまり妖人《ようじん》だということなのだろうか。彼女はニコニコしながら、小鳩の横にストンと座り、「あたし、小鳩さん大好き～」と幼子のように言う。ああ、そのセリフをそんなふうにサラリと言えたら……と脇坂は羨ましく思い、同時に（なんでそこに座るのかな？）とも思っていた。

すると、彼女は脇坂の心を読んだかのように、コートのボタンを外しつつ、

「外、すんごい寒いの。コートのチョイス間違えて、凍えそうだよ。ダウンにしとくべきだったよねー。なんか温かいの、一杯だけ飲んでいきたいな。お邪魔かなあ？」

と、なかなか狡《ずる》い聞き方をする。脇坂的には、そりゃもうお邪魔ではあるが、ここは小鳩の気持ちを尊重したい。小鳩はいまだ戸惑い顔だが、それでも彼女を拒絶する様子はなく、むしろ脇坂を窺《うかが》うような目をしていた。ならばここは鷹揚《おうよう》であるべきだろう。微笑んで「大丈夫だよ」と答える。

ホットココアを注文した彼女は饒舌《じょうぜつ》だった。

小鳩と知り合ったきっかけを楽しげに語りだす。パパ活でトラブルになり、警察に突き出されたこと、その後小鳩の所属する弁護士事務所で相談に乗ってもらったこと……初対面のろくに知らない男に、パパ活案件など喋《しゃべ》ってしまっていいのだろうかと、むしろ脇坂のほうが心配になってくるほどだ。

小鳩はといえば、相づちを打つ程度で聞くに徹している。表情はいたって真剣なので、小鳩がこの若い女性を心配し、気に掛けていることは伝わってきた。ふたりはその後も、メールで何度かやりとりをしているらしい。今の十代にとって、SNSではなくメールを書くというのはかなり煩わしいはずだが、それでも小鳩と繋《つな》がっていたいという気持ちの表れだろう。そして小鳩もそれに応《こた》えているわけだ。

もしかしたら、と脇坂は思い至る。

小鳩が今日話したかったのは、まさにこの子についてなのではないか？

「もうパパ活はしてないんだ」

彼女が言うと、小鳩は安堵《あんど》を滲《にじ》ませた顔で、「そうなんですか」とだけ返す。それはよかった、と安易に言わないところが彼女らしい。

「なんか最近、パパたちのお話を『すごーい、すごーい』って聞き続けるのに、疲れてきちゃって……そりゃあたしは《天邪鬼》だから嘘は得意だし、適当に話合わせるのも楽勝だけど、あんまり続くとげんなりしてくるもん」

「なににげんなりするの？」

脇坂が聞くと、彼女はつかのま考え、

「人間って、そんなに褒めてもらいたいのかって」

と答えた。パパたちの自慢話がうざい……という回答を予測していた脇坂なので、やや意外だったが顔には出さなかった。

「っていうか、いい大人が、あたしみたいな小娘にスゴイスゴイって言われて、そんなのお小遣い効果ってわかってるはずなのに、結構本気で嬉しいみたいだし……それって、よっぽど心がクタクタってことなのかなあ。クタクタっていうかカサカサ？　こないだなんか、語りながら泣き出しちゃったパパがいて、びっくりだよ。なんかね、中学生の娘が口きいてくれないんだって。だから若い女の子と話せて嬉しいって」

いや、その状況なら、パパ活なんぞしているヒマにもっとやるべきことがあるのでは……と思ってしまう脇坂である。たぶん、小鳩も同じようなことを考えていたのだろう、微妙な表情になっていた。

「けどさ、そんならあたしと会ってるより、ちゃんと娘と話せばいいのにねー」

あ、この子もそう思うのか。脇坂は微笑《ほほえ》み「だよねー」と頷《うなず》いた。

「家族って大事でしょ？　お兄さんもそう思うでしょ？」

オジサンと呼ばれなかったことに安心し、同時に気を遣われてるのかなと思ったりもしながら、「うん」と答える。

「でしょー？　けど、いつも身近にいるから、なかなか気がつけないのかな。亡くしてからじゃ遅いのに」

亡くして？　急に話がやや重くなり、脇坂は違和感を覚える。さらに彼女は、

「ひろむさんもすごく悲しかったんだよね、弟が死んじゃった時」

口調はあくまで明るいまま、そんなことを言い出した。

え、と脇坂は小鳩を見る。その話は初耳だ。小鳩はほとんど表情を変えなかったが、僅かに瞳《ひとみ》が揺れ、動揺を語っていた。サラダの次に届いたメインのチキンには、ほとんど手がつけられていない。

「お兄さん知ってた？　あ、知らなかったんだー。あのね、すっごく可愛い弟さんで、お母さんはめちゃくちゃ可愛がってたんだって。ほんと悲しい。家族が欠けるって悲しいよ。えーと、小鳩さんの弟はどうして死んじゃったんだっけ？」

「……病気でした」

答える声には、いつもより力がない。

「そうなんだー。残念だよねー。きっと、すごく重い病気だったんだね。入院とかしてたのかな。それともお家《うち》で……」

「僕はきょうだいが多くて！」

空気を無視した能天気な口調で、脇坂は強引に割って入る。

「みんな姉なんですけどね、なんと五人！　もう、見事にぜんぶ姉！　お姉ちゃんズです！　僕にしてみれば生まれた時からですから、それが普通だと思ってたわけですけど、実はなかなか珍しい環境なんだって、幼稚園くらいで気がつきまして！」

言葉を遮られた彼女が、いくらか不服そうに脇坂を見る。それに気づかないふりで喋り続けた。内容など、どうでもいいのだ。ただ脇坂は、小鳩に悲しい過去の話をさせたくない。それだけだった。

「僕、小学校に上がっても、なかなか男の子の友達ができなかったんですよ。女の子とはすぐ仲良くなれるのに、男の子とはどういうノリでつき合ったらいいのか、よくわからなくて。もともとの性格もあるだろうけど、環境も大きかったと思うんですよねー。今でも女性とのほうが早く打ち解けられます。でも、お姉ちゃんがたくさんいたから女心がわかるとか、そういうんじゃなくて。なにしろ五人とも、なかなか個性的な姉で、そういう彼女たちが代わる代わる僕の面倒を見たり、一緒に遊んだり、ちょっといじめられたり……。で、結果として、ある種の適応力がついたのかなー、と。要は場数、経験値ってやつです。今のところ、そんなふうに自己分析してるんです。当たってるかどうかわからないけど。どうでしょう、小鳩さん」

「えっ」

突然語りだした脇坂をポカンとみていた小鳩が、虚を突かれた顔をする。それから「ええと」としばらく考え、

「確かに脇坂さんは、適応力が高いと思います。私よりずっと……私は、どうも融通が利かなくて……」

「いつでもどこでも融通を利かせるのが、いいってこともないかと。自分の信念がきちんとあって、時にそれを表明できるのは、小鳩さんの美点だと思います！」

言い切ると、小鳩は困ったように視線を落とした。

「美点なんかじゃ……ただ頑固なだけなんです」

「空気を読めというプレッシャーがこれだけ強いご時世に、頑固でいるのは大変なことですよ」

「大変っていうか、そうなってしまうだけで……」

「僕はそういう強さのある人を、尊敬してるんです」

下を向いている小鳩を見ながら、同時に洗足の事も思い浮かべて、脇坂は言った。

もちろん頑固にも色々あるだろう。我が儘《まま》からくる自分の考えに固執し続けるなら、それはただの迷惑だが……理性と知性のもと、自らの信念を曲げないのなら、それは強さだ。そしてそういう強さのある人は、自分の間違いを知った時、きちんとそれを受け入れて内省することもできる。おそらく、その時に人は成長できるのではないだろうか。失敗体験が時に重要とされるのは、そのためなのだろう。

けれど脇坂は失敗が怖い。失敗し、失言し、拒まれるのが怖い。だから時に、曖昧《あいまい》な言葉を選び、安全策に引っ張られてしまう。

「尊敬するし――憧《あこが》れます」

洗足や小鳩のような、揺るぎなさが足りない。

「あの……その、もう、いいので……」

下を向いたまま、小鳩が言った。

「え」

「困ります……褒められ慣れていないので……」

小鳩は顔どころか、首まで赤くなっていた。脇坂は慌てて「あっ、すみません」と謝る。謝るのも変かもしれないが、ほかに適した言葉も思いつかなかった。

「ふーん。仲いいんだねー」

からかうような、けれどどこかにチクリと棘《とげ》を隠した声。自称《天邪鬼《あまのじゃく》》の彼女はテーブルに肘《ひじ》を突いて「いいなー、あたしもカレシほしいなー」と言った。それはとってつけたような平坦《へいたん》な声で、彼女が本心から言ってるようには思えない。それでもなにかしらのレスポンスはすべきだろう。

「どんな人がいいの？」

脇坂はそう聞いてみた。

「うーん、そうだなー、めちゃ強い人がいい。あたしを守ってくれて……あたしのために、復讐《ふくしゅう》してくれる人」

彼女はそう続けた。

復讐とは、いささか剣呑《けんのん》な言葉だ。その意味を問うべきなのか迷っているうちに、彼女はカタンとやや乱暴に椅子を鳴らし、立ち上がる。

「行くね。ココア冷めちゃったし」

あ、と小鳩も立ち上がった。

ふたりでテーブルを離れる。まさか小鳩もこのまま帰ってしまうのかと一瞬不安になった脇坂だったが、小鳩の上着とバッグはそのままだ。レストランの出口まで見送っていただけで、ちゃんと席に戻ってきてくれた。

「すみませんでした、急に……私も驚いて」

「いえ、大丈夫ですよ。リアルなパパ活話、初めて聞けましたし」

「実は、今日ご相談したいと思っていたのが、今の彼女の件で」

「はい。もしかしたらと思ってました」

「あの、まずお聞きしたいのは……《天邪鬼》は、実在するんでしょうか？」

途中で止まってしまっていたメイン料理にナイフを入れながら、脇坂は「ええと」と少し困る。

「妖人《ようじん》台帳上ならば、そう登録してる人はいます。結構な数でいたはずです。でも、本当に実在するかどうかは、僕なんかではわからないんです。洗足先生に伺わないと」

「台帳と現実は、そんなに乖離《かいり》しているんですか……」

「台帳での属性は自己申告ですからね。台帳の存在自体、ほとんど意味がないと個人的には思っています。でも、先生は【徴《しるし》】を見られるので」

「しるし……」

「特徴の、徴という字ですね。妖人という言葉ができるよりずっと以前から、先生や先生のお母様はその【徴】を見ることができたそうです。代々受け継がれていた能力、ってことなのかな。どういうふうに見えるのか、具体的なことは僕にもまったくわかりませんけど。先生に伺えば、《天邪鬼》について教えてくれますよ」

「でも私、お会いしたのは一度きりですし、個人的な用件で甘えるのは……」

その心配は必要ないと脇坂は説明した。洗足は妖人のために尽力することを厭《いと》わないし、仮に《天邪鬼》が実在しないとしたら、その事実を教えてくれるはずだと。

「僕が一緒に行けるといいんですけど……今はちょっと都合が悪くて。でも、一報入れておきます」

出入り禁止を食らいました、というのはなんとなく言いにくかった。

「ありがとうございます。助かります」

小鳩の表情が少し明るくなる。

「さっきの子……一見、明るいんですが、どこか不安定さを感じるんです。しかも《天邪鬼》だなんて言うので、なんだか気になってしまって」

どこか不安定――それは脇坂も感じていた。人なつっこいようだが、同時にまったく気を許していない雰囲気。笑っているのに、緊張に強《こわ》ばっている首筋。

「小鳩さん、彼女に自分のご家族の話をしたんですね？」

「ええ、実は彼女も家族を亡くしているんです。その話をしてくれたので、なんだか流れで……弟を亡くしたのは昔のことですし、普段はあまり人に話したりはしないのですが……」

その時の事を思い出すように視線を少し彷徨《さまよ》わせ、小鳩はちょっと首を傾げた。自分でもなぜ話してしまったのかよくわからない、そんな表情だった。

「彼女、復讐、と言ってましたよね？」

カチリとカトラリーを揃えて、小鳩は呟《つぶや》くように言った。せっかくの肉は冷めてしまっていたが、きれいに食べてくれている。

「はい。僕も気になりました」

「あたしのために復讐してくれる人……なんでエミカちゃんは、あんなこと……」

「彼女、エミカさん、というんですか」

そういえば名前を聞いていなかった。脇坂の質問に、小鳩は「ええ」と頷《うなず》く。

「咲く花と書いてエミカと読むそうです。沢村咲花《えみか》さん……花が咲くように笑って欲しいという親御さんの気持ちを感じます」

「いい名前ですね」

サワムラエミカ。

その音が頭の中でリピートされ、脇坂はなにかを思い出しかけたのだが、店員の「デザートはいかがいたしますか？」の呼びかけで霧散してしまった。

小鳩はデザートメニューを真剣に見つめて、フランボワーズムースとチョコバナナタルトで悩んでいる。

「両方、すごく美味《おい》しそう……」

「では僕がチョコバナナタルトにしますから、半分こしましょう」

そう提案すると、またちょっと赤くなって頷く。

ああ、やっぱり可愛い。

脇坂は次こそ『デート』と認めてもらえるよう頑張ろうと、心に決めたのだった。

記憶　3

お母さんとお父さん、どっちが好き？

これは、幼い子供にしてはいけない質問とされている。

心理学的な説明は忘れてしまったが、そんなものはなくても想像はつく。両親から愛されているという確信のある子供なら、どちらを選んでも、もう一方を悲しませることになると考える。優しい子ほど困惑する。答えられない自分を責めてしまうかもしれない。大人にとっては冗談半分の質問でも、幼い子供はそのまま受け取るものだ。泣きだしてしまう子もいるだろう。

では、両親からの愛情を感じられない子供ならば？

おそらく質問の意味がわからず、けれど答えなければというプレッシャーは強く、恐怖すら感じるはずだ。だからこんな質問はしないほうがいい。

うちの場合父親はいないので、もともとあり得ない質問だった。

けれど私はある時、それにとても近い質問を耳にしたことがある。

息子がまだ新しい制服を、少しばかりぎこちなく着ていた頃だから、春から初夏くらいだろう。息子は身体の成長が遅めで、中学生になってもどこか少女めいた顔だちのままだった。親馬鹿を承知で言えば、とても綺麗《きれい》な子だったのだ。

弟のほうは、二年で驚くほど大きくなった。

まだ六年生だけれど、すでに背丈は息子を超している。ほどなく私と変わらなくなり、そして追い抜くのだろう。あまり喋《しゃべ》らない子なのだが、最近少し声が嗄《か》れている。声変わりが来たのかもしれない。

ふたりが一緒にいると、兄と弟が逆に見える。

ただし、パッと見ただけなら、という条件つきだ。ふたりの様子をしばらく観察し、その会話が聞こえてきたなら、どちらが実際の兄なのかすぐわかるだろう。弟がどれほど兄が好きで、甘えているかもだ。もちろん兄のほうも、弟をとても可愛がっている。息子は同年代の友だちがなかなかできなかったので、一緒に遊べるのがとても嬉《うれ》しいのだ。遊ぶだけではなく、学校にすら通えていなかった弟のため、勉強も根気よく教えている。弟はもともと賢い子だったらしく、二年で遅れをほとんど取り戻した。

けれど学校に通うことは拒絶し続けている。あの子の育った環境を思うと、無理強いはできなかった。

その時も、ふたりは寄り添うように縁側に腰掛けていた。

私は妖琦庵で水屋の整頓《せいとん》をしており、ひととおり終えて母屋に戻ろうとしている時だった。そう、花海棠《はなかいどう》が盛りだった。淡いピンクで小さな庭が一番華やかに見える頃だ。弟は桜に似た海棠を怖がっていたこともあったが、その頃にはもう平気になっていたのだろう。あるいは、兄がそばにいてくれたからだろうか。

——ねえ、兄ちゃん。

——ん？

息子の膝《ひざ》に本があり、弟がそれを覗《のぞ》き込んでいた。

なんの本だったかは覚えていない。大きな本だったので図鑑の類《たぐい》だったかもしれない。あるいは息子の膝がまだ小さかったから、大きな本に見えたのか。私が足音を忍ばせたのは、兄弟の屈託ない会話を聞きたかったからだ。というより……屈託なく、平穏な言葉を交わせるようになった弟を、確認したかったのかもしれない。

——聞いていい？　聞いたらきっと、答えてくれる？

——それは質問によるなあ。

兄は笑いながら答えた。私も微笑《ほほえ》ましく思っていた。

——答えてくれないと、僕はきっと眠れない。

弟は真剣だった。兄もそれを察知し、少しだけ困ったように小首を傾げ、

――いいよ。答えるよ。

そう言って本を閉じ、弟を見た。

――おっかさんと僕、どっちが好き？

――ええ？

息子は笑った。さて、これは難問だ。親が子供に『お母さんとお父さん、どっちが好き？』と聞くのは御法度なわけだが、その逆のパターンだ。被保護者から保護者への質問……つまり、子が親に、兄弟のうちで誰を一番に思っているのか問い詰めるようなものだろう。

――答えて。おっかさんと僕、どっちのほうが好き？

ふと、以前のことを思い出した。

ここにきてまだ間もなかったあの子は、死んだ雀に涙を流す兄を見て、その雀を地に叩《たた》きつけた。いつも怯《おび》えていたような顔に、はっきり嫉妬《しっと》と独占欲を滲《にじ》ませて。

――カイだよ。

息子は回答を間違えなかった。

母親としては少しばかりさみしいが、それでもこれが正解だ。質問者が被保護者ならば、いま目の前にいるその子が一番だと答えるべきなのだ。

――……ほんと？

——ほんと。カイが一番だ。

ほら、あの弟の顔。

嬉しそうに、少し恥ずかしそうに、笑みを湛《たた》えて頰を染めて……。

——でもおっかさんには内緒にして。

——わかった。

——おっかさん、悲しんじゃうかもしれないからね。

——わかった。

コクコクと、弟は何度も頷《うなず》いた。私は温かな気持ちになり、その場を離れた。あの子が落ち着いてきてよかった。子供の心はしなやかだ。あれほど過酷な育ち方をしていても、環境を変えれば少しずつ変わっていってくれる。だからきっと大丈夫、そう思った。


その夜遅く、台所に立っていた私の割烹着《かっぽうぎ》を誰かが引っ張った。

振り返るとあの子が立っていた。

私を見上げ、ニッと笑って言った。

——兄ちゃんは、僕が一番好きだって。おっかさんより好きだって。僕がいればもう、おっかさんなんかいらないいって。

七

夷芳彦は、その男の身元を把握していた。

名前は木根《きね》辰則《たつのり》。伊織を鉈《なた》で襲った男だ。

五十七歳で、本籍地と現住所は埼玉県。だが今年に入ってから、埼玉の現住所には

ほとんど帰っていない。

——おそらく都内に、部屋を借りているのではないかと当たってみました。

《袂雀《たもとすずめ》》からそう報告があった。

《袂雀》は人名ではなく、また妖人《ようじん》属性でもない。言ってみれば役割名であり、【結】の中でもとくに探索を得意とする数名だ。人について歩く雀で、鳴き声はするのに姿は見えない……そんな伝承からのネーミングである。もちろん隠された存在であり、【結】の中でもごく一部にしか知らされていない。まして、彼らを動かせる者は僅《わず》かだ。芳彦は洗足家の家令として、彼ら《袂雀》に鉈男の捜索を依頼し、ほどなくその結果が得られたわけである。

――埼玉の自宅には妻と息子と娘が住んでいます。家族には仕事のために部屋を借りたと話しているようです。過去に犯罪歴はなく、周囲の評判も上々。家族思いで真面目な男と、悪く言う人はいませんでした。

そんな男が、なぜあのような暴挙に？

答えは簡単だ。何者かに利用されている、或《あ》いは操られているのだろう。仮の住まいも、その首謀者に命じられたものと考えられる。

――ある事件をきっかけに、ふさぎ込むことが増えたという情報もあります。心療内科にかかった履歴もありました。もうご存じでしょうが、その事件とは……。

そう、知っている。木根はヒントを告げていた。正しく言えば、木根を操る首謀者がそれを言わせたのだ。

シシン。

その語から、芳彦の主《あるじ》はひとつの可能性を導き出していた。

今、芳彦は伊織の命を受け、木根の住むアパートの前に立っている。

《袂雀》がこの場所を突き止めたのは数日前だ。そのまま見張っていてくれたが、木根本人はなかなか帰宅しなかった。伊織を襲ったあと、しばらく雲隠れしていたと思われる。カプセルホテルやネットカフェなど、都内には一時的に雲隠れできる場所がいくつもある。

そして先刻、《袂雀》から再び連絡が入った。木根が部屋に戻ったのだ。

――木根さんを保護しなければ。

伊織は言った。

――あたしの予想が正しければ、あれは木根さんを狙うはず。これ以上犠牲者を出したくない。……芳彦、行ってくれるかい。

その口調に躊躇いのニュアンスがあるのを芳彦は感じ取っていた。現場であの男と出くわす可能性を、伊織は危惧《きぐ》しているのだ。

――もちろん行きますよ。

芳彦は笑って答えた。

――真っ向勝負になるかもと考えると、血が滾《たぎ》りますね。

暴力を厭《いと》うマメには聞かせられないセリフを口にすると、主《あるじ》も渋い顔をした。

――優先順位を整理しよう。まずはおまえの命だ。それから、木根さんの命。可能ならば保護すること。困難だと判断したら、深追いしてはならない。わかっていると思うが……、
あれを甘く見ないように。

主は芳彦を見つめて言った。あれ、つまり青目甲斐児。洗足伊織の異母弟《おとうと》。

――わかりました。深追いはしません。

——絶対にだよ。……言っておきますがね、おまえが自分を大事にしてくれないなら、あたしも自分を大事にしない。

主の言葉に「それは困ります」と苦笑した。この人は、なにを言えば芳彦がきちんと自重するかよく承知だ。

星のない夜だった。

だが真半分に切ったような月は皓々《こうこう》と明るい。風はない。じきに日付が変わる。

アパートは駅から二十分ほど離れた川沿いにあった。すぐそばに鉄道の高架があり、昼間はかなり騒音がするだろう。半数以上が空き部屋で、さらに住人の半分は外国人、ほとんどが夜の仕事だという報告を聞いていた。なるほど、薄暗い明かりがついているのは、二階の端、木根の部屋だけだ。

芳彦は鼻を利かせる。

川のにおいに、わずかな腐敗臭が混じっている。《管狐》である芳彦でなければ嗅《か》ぎ分けられない程度だ。小動物の死臭だろうか。

青目のにおいはしない。

ある程度近づけば、奴のにおいはわかる。芳彦としては納得しがたいことに、主のにおいと共通項がある。血は争えないということか。もっとも、その違いは歴然としていた。ベースノートは共通しているが、上に重ねた要素はまったく異なっている。

主の香りは青々とした竹林に、一輪だけ甘く香る花が落ちているかのような優美なものだが——青目は、もっと荒寥《こうりょう》としている。寒さと乾燥で若竹は色褪せ、悲鳴のような亀裂が入り、やがては倒れ、崩れ、すべてが砂に変わっていくような世界だ。

階段を上り、呼び鈴を押した。

会話が成立し、説明に納得してくれるのならばそれが一番いい。けれどそれは楽観的すぎるだろう。木根は暗示や洗脳にかかっている可能性が高い。薬物を投与され、理性的な判断ができない状況も考えられる。その場合、強硬手段に出るしかない。なるべく傷つけないようにしながらも、自由を奪い、保護のために連れ去る。

何度かノックしたが、返事はない。

明かりがついているし、中に人の気配もある。芳彦は意識を集中し、その気配を探った。音はない。静かすぎる。居留守を使っているのか、あるいは——。

ドアノブを静かに廻《まわ》す。

途中で引っ掛かる。鍵《かぎ》がかかっているからだ。

凪《な》いでいた風が、ふいに動く。

隙間から流れてきた空気を嗅ぎ、芳彦はその場から後ずさり、右脚を振り上げた。

ドアを蹴破《けやぶ》る。

一撃で壊し、部屋の中が見えた瞬間、その空間を把握する。

広さ、高さ、障害物。

そしてそこにいる者たち。

部屋の真ん中で凍りついている木根と――ベランダに立っている大柄な男。

奴だ。

「ひ……」

ろくに声も出ず喉《のど》からかすれた音を上げた木根を挟んで、芳彦と青目は対峙《たいじ》した。

なるほど、同時か。こうなるか。

これはいささか厄介だ。青目は木根を殺しても構わない。だが芳彦は木根を守らなければならない。守りながら、青目と戦い、自分も死んではならない。

跳躍する。

森を行く野狐のように。

部屋の中央でバウンドし、同時に木根を摑《つか》んで横方向に投げる。襖《ふすま》が開いたままの押入があったからだ。そこに木根を投げ込むと、そのままベランダに突っ込む。青目もろとも落下するのが最良の手だと考えた。とりあえず木根から青根を引き離せる。

だが、青目はそれを読んでいた。

体の大きさにそぐわない敏捷《びんしょう》さでかわされる。芳彦はベランダから落下しかけたが、手すりを摑むと、身体をぐわんと回転させ、部屋に戻って着地した。

「伊織の狐か」

青目が言った。楽しそうに。

「元気そうだ。兄貴はどうしてる？　おまえをここに寄越したってことは、勘づいたんだな？」

芳彦は返事をしなかった。木根は押入の奥で震えている。青目は銃や刃物は持っていないようだが、素手で人の首を折る男だ。

「だんまりか」

「………」

「そうだろうな。おまえは昔から俺が嫌いだ。俺もおまえが嫌いだ。当然のような顔をして、兄貴のそばから離れないおまえは、本当にうっとうしい」

芳彦は笑った。ずいぶん気が合うではないか。本当にうっとうしい——その台詞《せりふ》はそのまま返してやりたい。

「まあいい。すぐ帰るなら、今日は殺さない。俺はこいつに用がある」

押入を指さして、青目が言った。今日は殺さない、か。お優しいことだ。芳彦もずっとこいつを殺したかった。伊織の弟でなければとっくに殺していたかもしれない。いや、弟だから殺したいのか？　肉親なのに、あんなにも伊織を苦しめるから？　あるいはただの嫉妬《しっと》か？　《管狐》は主を重んじ、そのぶん執着する。

なんにしろ、お喋《しゃべ》りしている場合ではあるまい。

ウエイトの差は大きい。だから低く攻撃する。

膝下《ひざした》めがけてタックルした。青目は避《よ》けようとしたが、逃さない。スピードならば芳彦が上だ。実戦のための筋肉でできた身体が、バランスを失い、倒れる。

「逃げろ！」

芳彦は押入に向かって叫ぶ。

木根は震える足で、ぎくしゃくと、それでも動いた。木根が部屋を出るまで、芳彦は青目の脚を放してはならない。それはかなり難しいタスクだったが、腕の骨が軋《きし》むほど力を込めてホールドした。

こめかみに、ものすごい衝撃が来るまでは。

殴られたのだ。

なんという腕力——腕が緩み、青目が自由になる。自分も立たなくてはと思う。だが脳が揺れ、視界が安定しない。

見えないならば、見るな。

芳彦は目を閉じて立ち上がる。動け。動き続けろ。臭いと気配で相手を察しろ。攻撃をいなし、動き続けることが必要だ。捕捉《ほそく》されることは避けたい。骨をやられたら動けなくなる。

だが、八畳ほどの部屋は狭すぎる。

立体移動しようにも、足場もほとんどない。ここでは明らかに、芳彦のほうが不利だった。それでも、時間を稼がなければならない。まずは木根を逃すことが……。

「……っ！」

脇腹への、重い衝撃。身体が壁に叩《たた》きつけられる。蹴《け》りが入ったのだ。痛覚のコントロールも会得している芳彦だが、骨にまで響くレベルの痛みを逃すのは難しい。

「速いが、軽い」

喉輪《のどわ》をくらい、沈んだ身体を左手だけで引き摺《ず》り上げられた。

足先が浮き、壁に縫い留められる。青目は芳彦を見ていた。薄昏《うすぐら》く嗤《わら》っている。

「狐。いいことを教えてやる」

喉を絞められ、声は出ない。

だが口元を引き上げた笑みで、芳彦が気力を失っていないことは伝わっただろう。苦しかったが、決して青目から視線を逸《そ》らさなかった。獣同士の戦いは、目を逸らした者が敗者だ。

「おまえは兄貴を主《あるじ》と崇《あが》め、兄貴を一番の存在としているだろうが――兄貴の一番はおまえじゃない。可哀想に、憐《あわ》れなもんだ。そんな人生ならさっさと終わらせたほうがいいんじゃないのか？　俺はよく、おまえをどう殺すか想像するんだ。生皮を剥《は》いで、中身は豚に食わし、骨で楽器でも作ろうか。マリンバみたいなのがいい。あの小僧に演奏させて、兄貴に聞かせたい。……ああ、でも、今何本か折っちまったが」

「ぐッ……！」

右手で、肋骨《ろっこつ》を摑まれた。その痛みに、芳彦も折れていることを自覚する。恐らく二本。ヒビまで含めればもっとだろう。

「今まで殺さなかったのは、想像の楽しみがなくなるからかもな？」

喉にある指の位置が僅《わず》かに変わる。親指が頸動脈《けいどうみゃく》を見つけた。圧がかかる。このままでは失神する羽目になる。芳彦は両腕を脱力させていたが、なんとか右手を上げ、青目の手首を摑んだ。けれど喉輪は少しも緩まない。青目はにやつくだけで、ささやかな抵抗を楽しんでいるかのようだ。

だが、次の瞬間、

「…………ッ！」

芳彦は顔面に強い衝撃を感じ、解放された。

青目が自分の首から顔を庇《かば》いながら、同時に芳彦の顔に肘鉄《ひじてつ》を入れ、跳ね退《の》いたのだ。芳彦の左手が動くのを察知したらしい。まったく抜け目のないやつだ。もっと油断していてほしかったのに。首か顔……つまり皮膚の露出している部分を狙いたかったが、青目のコートに覆われた腕に阻まれてしまった。

それでも届いたはずだ。

コートの生地を裂き、皮膚まで。

「……狐の毒」

青目は腕を押さえ、芳彦を睨《にら》んでいた。

「……ゲホッ……我が一族の毒は……有名だな」

噎《む》せながら、それでも芳彦は言った。

「まあ、爪に仕込めるのは大した量じゃない……おまえなら死なないだろうよ。だが、早く解毒しないと腕ごとなくすぞ」

「…………」

脅しやはったりではない。

それは青目にも伝わっただろう。ゆっくり後ずさり、にやついた。

「命がけ、か」

そのとおりだ。《管狐》を輩出する芳彦の一族には、強力だが検出されにくい秘伝の毒が伝わっている。だが、それを爪に仕込めば、当然ながらその本人にも作用する。事前に解毒剤は飲んでいるものの、ある程度の影響は免れない。

冷たい風が、開け放した窓から入ってくる。

「またな」

その風に乗るかのように滑らかな動きで、青目は部屋から消えた。

ベランダから飛び降りる着地音、そして遠ざかる足音——バイクのエンジン音。

畳に片ひざをついていた夷は立ち上がり、歩き出す。

数歩歩いて咳込《せきこ》むと、肋骨に響いて痛んだ。走るのは無理だが、歩くことはできる。木根を捜さなければならない。

人が強い恐怖に襲われ、警察に助けを求めることもできない時、どんな場所に隠れ込みたくなるか——夷はそれをよく承知している。鼻を利かせながらアパートの周囲を探ると、数軒離れた古びたマンションのゴミ集積場があった。ちょっとした小屋のようになっている施設で、引き戸に簡単なカギはついているが、壊れていた。短い間隔で、引き攣《つ》るような呼吸の音が聞こえてくる。

「木根さん」

木根はそこに隠れていた。

「……っ、ひっ……」

「大丈夫です。主の命で、あなたを保護するためにきました」

「あ……ある、じ……?」

「洗足伊織です。主はあなたを糾弾しません。事情は、すでに存じています」

蹲《うずくま》って震えていた木根が、充血した目を見開いた。

「洗足、伊織……」

はい、と夷は静かに答え少しずつ近づく。

「主が安全な場所を……」

「う、腕をください」

「……なんです？」

「腕を、あの方の腕を……」

屈《かが》んで視線を合わせた夷に、今度は縋《すが》りついてくる。その顔色、震え方、体臭……恐怖に支配されているだけではなく、やはり薬物が使われていることがわかる。

「う、う、腕が必要です。腕だけでいいのです」

腕？

腕が欲しかったというのか？

あの鉈《なた》で狙っていたのは、主の命ではなく腕だったと？

「あああ、あああ……本当にすみません……申しわけない。申しわけない……っ、でも腕を、そうしないとあの子が、可哀想なあの子が浮かばれない……腕だけ、腕だけでいい、あの人はそう言った。すべてがすんだら、死んでお詫《わ》びしてもいいのです、だから、どうか、う、うう、うでぇ」

ガクガクと震え、口の端からは粘ついた唾液《だえき》が泡を作り、目の焦点は合っていない。

過剰な薬物摂取は臓器への負担が大きく、危険な状態だ。木根を匿《かくま》う場所は用意していたが、医者がいるわけではない。

人命が優先だ。

芳彦は救急車を呼んだ。警察にも知られることになってしまうが、この状況ではやむを得まい。伊織も同じ判断をするはずだ。

ほとんど歩けない木根を担いで、道路まで出る。

折れた肋骨が悲鳴を上げたが、堪《こら》える。

「大丈夫。すぐに救急車が来ます」

震え続ける木根を下ろし、自分も座り込んだ。いやな痛みを自覚していた。骨が内臓を傷つけていると厄介だなと思いながら、主の顔を思い出していた。

——狐の毒を使ってよろしいですか。

そう聞いた時の伊織の顔……いつも通りの落ち着いた、感情を殺した顔。

伊織は勿論《もちろん》、狐の毒をよく知っている。それが人命を奪えるものだということもだ。つまるところ芳彦は、青目を殺してもいいかと聞いたのだ。

主はやがて少し笑い「聞く必要すらない」と答えた。

芳彦は胸が痛んだ。返答そのものは問題ではない。主が許可するのはわかりきっていた。手加減できるような相手ではないのだから。

芳彦が見たくなかったのは、その笑みだ。

主《あるじ》は悲しい時、あんなふうに微笑《ほほえ》む。

悲しませたくない。

だが守らなければならない。

青目の言葉を思い出す。わかっている。兄貴の一番はおまえじゃない、だと？　笑わせるな。だからなんだというのだ。そんなことはどうでもいい。一番だろうと二番だろうと、順位入りすらしていなくてもいいのだ。使い捨ての駒で構わない。

ぜんぜん、構わないのだ。

うで……うで……と、木根が譫言《うわごと》のように呟《つぶや》いている。

「大丈夫ですよ……木根さ……」

救急車のサイレンが聞こえてきた。変に籠《こ》もった音に聞こえる。

ああ、もうすぐ意識を失うなと、芳彦は自覚した。

八

底冷えのする日だった。

このところ毎日そうだ。二月も残り少ないが、春の気配はほとんど感じられない。いつもならば、住宅街の庭でもっと梅花を見るような気がするのだが……いや、きっと咲いてはいるのだろう。あまりの寒さに、いつも首を竦《すく》めて歩くので、見つけられないだけかもしれない。おかげでずっと肩が凝っている。

パンプスの中、足先がじんと冷えた。

保温効果のあるソールを入れているが、それでもアスファルトの冷気は染みる。もっと暖かいブーツを履こうかとも考えたが、それはまずいことに気がついたのだ。茶室に上がるのだから、脱ぎやすい靴でなければならない。躙《にじ》り口でモタモタするのはあまりにみっともない。結局シンプルなパンプスを選び、バッグの中も今一度確認した。白い靴下はちゃんと入っている。

小鳩ひろむは妖琦庵に向かっていた。

洗足家の庭に佇《たたず》む、あの鄙《ひな》びた小さな茶室である。

——作法はそれほど気にしなくても大丈夫です。

脇坂は電話でそう言っていた。

——靴下も、忘れたとしても夷さんが貸してくださいます。正座も、つらくなったら崩してもいいんです。僕は今回、残念ながら同席できませんが……。

非番ではないので、来られないそうだ。脇坂が事前に取り次いでくれたおかげで、ひろむも洗足と話すことができた。自ら《天邪鬼《あまのじやく》》と名乗っている沢村咲花について電話で相談してみると、洗足はしばし黙したのち、

——茶会にいらしていただけますか。

と尋ねた。咲花も一緒に、ということである。

——それはありがたいのですが、彼女が来るかどうかは聞いてみませんと……。

——大丈夫。きっと来ますよ。

洗足は静かに言い切り、それは本当だった。咲花を誘ってみたところ、ふたつ返事で「行く」と答えたのだ。茶道の経験があるわけでもなく、ただ「面白そうだから」とのことだった。

奇妙な感じだ。洗足はなぜ、咲花が来ると断言できたのだろう？

次の角を右に曲がれば、妖琦庵が見えてくる。

ひろむはふと思う。

人は自らの進む道を、自分で選んでいるつもりでいるけれど、本当にそうなのだろうか？　この世の中には、目に見えない糸が複雑怪奇に張り巡らされていて、その糸によって動かされているだけだとしたら？　確かに自分の意思はあるけれど、それはいつだって、誰かしらの影響を受けている。あるいは、社会のシステムに無意識に沿ったりもする。それぞれの糸は、決して真っ直ぐ進めない。何百何千何万という糸が複雑に絡み合った中で生きている我々は——もはや自分の意思など、とうの昔に放棄しているのではないか。自分でも気がつかないうちに。

それを運命と呼ぶ人もいるだろう。けれどひろむは、運命という言葉があまり好きではなかった。自分の意思が介在しない無力感に打ちのめされそうになる。

洗足家に到着する。

マメが出迎えてくれて、まずは母屋に通される。

客間にはすでに咲花が座っていた。少し青ざめた顔で座布団の上に正座し、ひろむを見つけると、笑みを見せる。

「よかったあ、ひろむさん来てくれて」

「待たせちゃってごめんなさい。……もしかして、緊張してますか？」

「えー、なんでー？」

「顔色があまりよくないみたいです」

そうかな、と咲花は自分の頬に触れる。

「今日、すごく寒いからじゃない？　ね、ここって、なんか古いお家《うち》なんだね～。レトロって感じでいいよね～」

あたりを見回しながらそう言う。外は寒いが、客間は充分に暖められ、かすかな香も漂う心地よい空間だった。なのに、咲花の緊張が解《ほぐ》れる様子はない。軽い口調や笑顔が演技だ。ひろむも人を見る職業なので、それくらいはわかる。

失礼します、と声がかかり、襖《ふすま》が開いた。

マメが盆を手に入ってくる。

今日は夷の姿が見えない。お茶室のほうを手伝っているのだろうか……そんなことを思いながら、会釈して白湯《さゆ》をいただく。

「本日、夷が臥《ふ》せっておりますので、代わりにご説明いたします」

マメも今日は言葉遣いが改まり、心なしか表情も硬い。ひろむは「恐れ入ります」と丁寧に返した。夷が臥せっているというのが気になったが、それについて詳しく聞くのは躊躇《ためら》われた。

マメの説明はわかりやすかった。

この客間で白い靴下を穿《は》き、庭を経由して茶室に向かうこと。

途中にある蹲踞《つくばい》の使い方。茶室で座る位置も、事前に教えてくれる。咲花は無言のまま、時折コクリと頷《うなず》いていた。今日はライトグレーのニットに、ふわりとしたやや厚地のスカートを穿いている。スカートの丈も適度に長く、お茶席にふさわしい。

「懐紙はこちらにご用意してあります。お扇子はお持ちでしたらお使いください。なくても主《あるじ》は気にいたしません。今日はおひとり、心得のある方がいらっしゃいます。真似をしていただければ大丈夫かと」

「あ、ほかにもお客様がいらっしゃるんですね」

ひろむの言葉に、マメが「はい」と頷く。

「すでに茶室に入られています。お手荷物はこちらに置いていらしてください。責任を持ってお預かりいたします。また、恐縮ですが、腕時計や指輪は外していただけると幸いです。高価な茶器はございませんが、思い出深い道具ですので」

「わかりました」

ひろむはアクセサリーはつけていなかったが、腕時計をしていたのでそれを外しハンドバッグにしまう。咲花は時計も指輪もしていないので、じっと座ったままだった。

「それから」

マメが言い、顔を咲花に向けた。

咲花がスッと視線を落とす。無意識の動きだったように思う。

「咲花さんは、ポケットの中のものをお出しください」

刹那《せつな》、咲花が強《こわ》ばった。視線を上げないまま、顔色がいっそう白くなる。ポケットの中？　ひろむが戸惑っているうちに、マメは次に、身体ごと咲花に向いた。

「お願いいたします」

穏やかさの中、引《ひ》かぬ圧がある声だった。

咲花が唇を噛《か》む。そしてキッと顔を上げマメを睨《にら》みつけた。マメは咲花と視線を合わせないまま、じっと待っている。こんなに大人びた顔の子だったろうか。

やがて、咲花がポケットからなにかを出した。

それを畳に置く。ひろむは目を瞠《みは》った。驚いて、声すら出ない。

マメは出されたものを手に取り「お預かりします」と目を伏せた。

「それでは、鐘をお待ちください」

それだけ言い残し、客間から出て行く。

なぜ、そんなものを？

なぜ、咲花は、折りたたみナイフなどをポケットに入れていたのか？

文具やキッチンツールの類《たぐい》ではなかった。ポケットに隠せるほど小さいが、鋭利で危険なものだ。以前、仕事で関わった傷害事件で、似たようなタイプのものを証拠として提出したことがある。

事情を聞こうとしたひろむだが、咲花の全身から立ちのぼる負の感情を目の前にして、どう問いかければいいのかわからなくなってしまった。彼女がずっと取り繕っていた明るさはもはや消え失《う》せている。怒り、怯《おび》え、強い緊張……それらはまるで彼女にかけられた呪いのように、細い身体にまとわりついて離れない。

自分では無理だ。ひろむはそう悟った。この強い呪いは自分には解けない。あの人でなければ無理なのだ。そして、あの場所でなければ。

——妖琦庵は一種の聖域です。

以前、脇坂がそんなふうに言っていた。

——あの場でのみ作用する力が……言葉ではうまく言えませんが、確かにそういう力があるように思います。

鐘が鳴った。

ひろむは立ち上がる。ゆらり、と咲花も立った。

茶庭に進むと、少し後ろをついてくる。

肌を刺すような寒さなのに、蹲踞の水は冷たくなかった。主が湯をさしてくれたのだろう。手を清めていると、白いクリスマスローズが目に入る。いつも俯《うつむ》いているこの花が、ひろむは少し苦手だった。見るたびに、指でそっと上向かせ、空を見せてあげたい気分になるからだ。けれど、花にとっては余計なお世話かもしれない。

躙口《にじりぐち》の前で少し待ち、咲花を先に行かせる。

あらかじめ、末席に着くようにと言われていたのだ。一般的な茶会における末客、いわゆる『お詰め』は役割も多く、ある程度心得のある人が任されるようだが、妖琦庵では違う意図があるらしい。脇坂は「見届ける人がお詰めなのです」と話していた。

茶室の中は薄暗いが、思っていたより寒くなかった。無粋な暖房器具は見当たらなかったので、事前によく暖められていたのだろう。

先客がふたりいた。老齢の男女だ。

和装の老婦人が正客の座に、背広の男性はその次に静かに座している。咲花が男性の隣に座り、ひろむは末席に着いた。

床の間の軸は達筆すぎて読めない。花は一輪の椿だった。小振りな花で、確か侘助《わびすけ》というのではなかったか。そこだけが不思議と少し明るく見える。

客が揃ったところで正客が挨拶《あいさつ》を述べるはず……と思っていたひろむだが、老婦人はなにも発せず、ただ俯いている。か細く、小柄な人だ。男性は真っ白い髪をしていて、やはり気鬱《きうつ》な顔つきでじっとしている。

やがて亭主が現れる。

無地の着物は濃い灰色だろうか。ほとんど黒に近い。袴《はかま》も昏《くら》い色味で、足袋《たび》だけがやけに白く浮き立つようだ。

主客総礼ののち、マメが菓子を運んできた。

椿を象《かたど》った練切はお手製だろうか。美味《おい》しかったと思うのだが、正直ひろむもかなり緊張していて、味があまりわからなかった。誰もなにも喋《しゃべ》らない、過ぎるほどに静かな空間だ。菓子のあとには茶が供されたが、そのあいだも最低限の言葉しか交わされず、張り詰めた空気が続いた。

唯一、亭主である洗足だけが、ごく自然な動きで茶を点《た》てていた。

全員が茶を飲み終わると「さて」と亭主が口を開く。

「粗茶にて失礼いたしました。本来であればここで、茶器、軸や花について語らうのが茶会というものですが、もちろん皆様はそんなことをしにおいでになったわけではありますまい。……それでも」

洗足は客たちを見つめて、続けた。

「それでも、ある種の縁によって、我々はここに集《つど》っています。ただしその縁の糸は、私の見る限りだいぶ絡まってしまっている。もっとも、縁などというものは、大概絡まっているもの。時には奇跡的な絡まり方が、美しい文様になることもある。ですから、絡まりそのものを悪いとは申しません。問題は、悪意の第三者による意図的な絡まりです。それは解きほぐす必要があるでしょう。……田鶴《たず》さん」

洗足が正客の老婦人を見る。

「田鶴よし恵《え》さんにお尋ねいたします。あなたには欲しいものがありますね？」

「はい」

田鶴と呼ばれた老婦人が、畳に手をついて首を垂《こうべ》れ「ございます」と答えた。

「指を……ご亭主の指を、どうか、くださいませ」

その返答に、ひろむはぎょっとした。指？　洗足の指をくれと？

「そう、指。こちらの田鶴さんは私の指をご所望です。理由は教えてくださいませんが、どうやらかなり差し迫ったご事情のようだ。……話が飛んで恐縮ですが、しばらく前、私はある男性に路上で襲われました。家令が私を守ってくれたのでこのように無事ですが、その男性は鉈《なた》を手にしていました」

「な、鉈？」

今度は思わず声が出てしまった。そんなひろむを咎《とが》めるでもなく、洗足は「鉈です。危ないですね」と涼しい顔のままでうなずく。

「その方は木根辰則さんとおっしゃいます。本当はこの場においでいただきたかったのですが、現在入院中で叶《かな》いませんでした。私に鉈を振り上げた木根さんは、私の腕が欲しかったそうです」

今度は腕――ひろむは背中がぞわりとするのを感じる。

「私の指。そして私の腕。なるほど。……沢村咲花さん」

名を呼ばれ、ひろむの隣で咲花が竦《すく》むのがわかった。しばらく躊躇《ためら》い、それでもようやく洗足の方を見る。

「あなたはどの部位をご所望なんでしょう？」

洗足の問いに、咲花は答えられない。ひろむの位置からその顔は見られないが、息を詰めるような緊張が伝わってきた。

「お答えいただけないようだ。それでは別の質問をしましょうか。あなたは妖人《ようじん》《天《あま》邪鬼《のじゃく》》だそうですが？」

頷《うなず》くというより、大きな震えのように咲花の頭が揺れる。

「そうですか。しかし私の知る限り、《天邪鬼》という妖人は存在しません。それ以前にあなたは妖人ですらない。そのことをあなた自身もご存じのはずです。なのになぜ、あなたが《天邪鬼》を名乗る必要があったのか。……咲花さんだけではありません。ここにはもうひとり、存在しない妖人を名乗っている方がおられる。田鶴さん。あなたはご自身を妖人《鬼指》だとおっしゃっていましたね」

「はい……いかにも私は《鬼指》……ですから、あなた様の指が必要なのです……」

「なるほど。つまり架空の妖人《鬼指》は、人の指を欲しがる設定なわけです。大分無理やりな設定ですが、それでも構わなかったんでしょう。要するに、なにかしらのヒントを含んでいればそれでよかった」

ヒント？　洗足がなんの話をしているのかわからない。

カタカタと格子窓が鳴った。

風が強い。庵の室温もどんどん下がっているようだ。

「一番わかりやすいヒントは木根さんでした。木根さんもまた、架空の妖人を名乗っていました。彼は私に鉈を振りかざしながら、わざわざこう名乗ったのです。私はリセイの罪を知るシシンだ、と。リセイとシシン。ふたつヒントがあれば、出典を探すのは容易です。中国に『宣室志《せんしつし》』という怪奇小説集があるのですが、その中に『李生《りせい》の罪』という物語があります」

洗足はその物語の概要を語った。

李生は人の名だった。彼は若い頃は悪行もしていたが、途中で心を入れ替え、出世した男。士真《ししん》もまた人名で、恐れられている武将を父に持ち、本人も重んじられている。ある時、大事な客をもてなすため、李生は酒宴に呼ばれた。そこにいた賓客、士真を見て、李生は顔色を変える。二十七年もの昔、李生はひとりの少年を崖《がけ》から突き落とし、その財を奪っていた。少年は死んだものと思っていたが、なんと士真は、かの少年と同じ顔をしていたのだ。

「結局、李生は首を切られます。因果応報の物語といえますが、内容自体は問題ではないのです。この物語に導き、あるキーワードを示唆したかっただけでしょうから。

この場合、『墜落』あるいは『突き落とす』、かな」

「あ、あの、先生」

だめだ、全然話がわからない。ひろむは思い切って口を挟んだ。自分が理解できないまま話が進み、置いて行かれるのが怖かった。

「すみません、確認させてください。つまり、木根さんはかつて誰かに突き落とされ、死にかけた過去があるということでしょうか？　それを指し示すヒントが、その物語なのだと？」

「いいえ。木根さんは誰にも突き落とされてませんよ」

ではなぜ彼はそんなことを——自分の中で生まれた問いを口にするより早く、ひろむはある可能性に気がついた。

誰かに向かって、鉈を振るう……。

そんな真似は正気の沙汰《さた》ではない。簡単にはできない。強い怒りや憎しみが必要なはずで、その感情に囚《とら》われてしまうのは、あまりに悲しい事件の被害者か、あるいは、

「——遺族」

ぽろりと、ひろむの唇からその言葉は零《こぼ》れる。

その瞬間、わずかに咲花の身体が揺れたように見えた。

「そう」

洗足は肯定した。

「木根さんは、私がかつて関与した事件で亡くなった方のご遺族でした。江東区《こうとう》のタワーマンションで起きた交換殺人事件。亡くなられたのは誉田敏美《ほんだとしみ》さんです。当時五十七歳、お孫さんを人質に取られ……突き落とされたのか、自ら落ちたのかははっきりしませんが、いずれにしても墜落死されています。木根さんは、誉田敏美さんの実兄で、とても仲のよい兄妹だったそうです」

遺族、だったのか。

ならば、ここにいる残りの人達は？

田鶴も、咲花も、白髪の老紳士も？

いや、待て、遺族の抱える苦しみはわかる。それが時に犯罪を引き起こす可能性も理解できる。だが、なぜその矛先が洗足に向くのだ？　洗足は加害者ではない。むしろ、事件を解決するため、警察に協力していた立場ではないか。

「咲花さんもまた、被害者の遺族です。お母様の沢村穂花《ほのか》さんが亡くなっています。青目が直接殺害したわけではありませんが、なんの関係もないのに事件に巻き込まれ、誘拐と傷害の被害に遭いました」

その時、部屋の隅に控えていたマメががばりと頭を下げた。

文字通り、頭を畳に擦《こす》り付けて「申しわけありません……！」と涙声で謝罪する。

ひろむにはよくわからなかったが、咲花の母親が巻き込まれた事件というのは、ママもまた関与していたということなのだろうか。

「……ママは、あの事件から八ヶ月後に死んだ」

咲花がぼそりと言う。

そして髪を揺らしてひろむを振り返り、引き攣《つ》った笑みで「自殺したの」と告げた。見開かれた目はひどく充血していて、正直恐ろしかった。

「なんかね、あまりに怖い思いをして、心がおかしくなっちゃったんだって。毎晩悪夢に魘《うな》されて、薬も色々飲んだけどぜんぜんだめで、でも……その日はわりと元気になって、笑ったりもして、あたしもパパもお兄ちゃんも、ああよかったって。このまきっと回復してくれるって思って。でもその日、昼間、首を吊《つ》って死んだの。あたしが買い物にでかけた、ほんの一時間足らずのあいだに」

胸が締めつけられる。

ならば……遺体の発見者は咲花だ。

「でもね、あたし思うんだよね。ママは自殺したけど、やっぱり殺されたようなもんだって、思う。違うかな？　ねえ間違ってる？」

咲花は聞いた。ひろむにではない。洗足に向かってそう尋ねていた。洗足はとても静かな声で「間違ってはいません」と答える。

「青目が殺したようなものでしょう。私があなたの立場でも、そう解釈しますよ」

「そうだよね。あなたの弟のせいだよね」

弟？

ひろむの混乱がさらに増す。

あの男は、この人の弟なのか？　指名手配犯の青目甲斐児と、洗足伊織が、兄弟？

脇坂からは聞いていない話だった。世間的にもまだ伏せられている状況なのだろう。

だが、咲花は知っていたということなのか？

「ええ」

洗足が肯定する。「私の弟の、せいですね」と答える。

せんせい、と擦《かす》れた声がした。ずっと伏したままだったマメが顔を上げ、泣きはらした目で「違います、僕のせいです」と言う。

「僕が……僕とトウが、原因を」

「それは違いますよ、マメ。悲劇の因縁というものは、辿《たど》ればいくつだって出てきてしまう。小さな誤解、ちょっとした食い違い、そんなものが人を害することだってままある。そこに囚《とら》われるのは危険だ。事件の背景を鑑みることは必要だけれど、糾弾すべきを間違えてはいけない。加害者は青目です。あの男が咲花さんのお母さんを苦しめ、命を奪った」

マメはまだなにか言おうとしたが、それより先に咲花が「なら責任を取ってよ」と膝立《ひざだ》ちになった。拳《こぶし》を強く握り、悲しみの上に怒りを塗りたくったような目で、洗足を見据える。

「あんたの弟なら、責任を取って」

なんてことだ、とひろむは気づく。

この茶会は、妖琦庵に今集《つど》っているのは——被害者の家族と、加害者の家族なのか。

「それはできない」

洗足は咲花を見据えて応《こた》えた。きっぱりとした即答だった。申しわけないが、という前置きも、同情したような声音もなかった。

「…………なんで」

「私は青目ではないからです」

「よくも……そんな涼しい顔を……あんたの弟、殺人鬼なんだよ……？」

「その通り。弟は極悪非道な殺人鬼です。だが私は誰も殺してはいない。もちろん、殺人幇助《ほうじょ》をしたわけでもない」

「申しわけないとか……家族としての責任感とか……ないの!?」

「責任感？　なぜ？　血は繋《つな》がっていても、別個の人間ですよ。弟のしたことに責任を問われる謂《いわ》れはない」

洗足の言葉は正しい。なにも間違っていない。ひろむもしばしば、加害者の家族が過剰に非難されるのはおかしいと思ってきた。だがそんなひろむですら、一瞬だけ、冷たい……と思ってしまった。そんな、突き放すような言い方をしなくても、と思ってしまったのだ。

洗足伊織は、こんな人だったろうか。

無論、ひろむはこの人をよく知っているわけではない。脇坂からはよく話を聞いていたが、直接会うのはまだ二回目だ。他人からの話で勝手にイメージを作っていたひろむが悪いのかもしれない。けれど、それにしても——。

「いいですか。憎しみ、恨み、敵意……そういった負の感情に振り回されてはいけない。恐らく、あなた方はこう唆《そその》かされたはずだ。躊躇《ためら》う必要はない、あの極悪人の兄なのだから、と。あるいはこんな話もされたでしょうか。洗足伊織は、弟を庇《かば》っているらしい、警察に協力するふりをしながら、実は逃亡に手を貸しているようだ……。申し上げておきますが、それは事実ではありません。私は弟に手を貸したことはないし、殺人者になるための教育をしたわけでも……」

「そんなのっ、どうでもいいっ！」

ギッ、と畳と床の軋《きし》む音がする。咲花が立ち上がった。仁王立ちで、怒りを満身に込めて「あたしは復讐《ふくしゅう》したいだけ！」と叫んだ。

老婦人は「あぁ」と呻《うめ》いて顔を両手で覆い、老紳士は戸惑い顔で咲花を見上げている。

「復讐？」

洗足が語尾を上げ、咲花は「そうよ」と返す。

「復讐してもらうためなら、あたしはなんだってする……っ」

「………なるほど」

洗足も立ち上がった。

す、と水が流れるように咲花に近づき、彼女の左腕を取った。咲花がそれを戻そうとするより早く「失礼」と小さく言い、咲花の袖《そで》を捲《まく》り上げた。ニットの袖は容易に引き上がり、彼女の白い腕が——そして、肘《ひじ》の内側に小さな内出血が見て取れた。

咲花が腕を引き戻し、身体に引き寄せる。守るよう……あるいは、隠すように。顔は下を向き、言葉はなかった。

「咲花さん。それはあなたが思っている以上に、身体を蝕《むしば》むものです。束《つか》の間の万能感を与えてくれ、自分がなんでもできるように思えますが……切れてきた時の不安と焦燥がいかほどか、もうわかっていますね？」

「だからなんだって言うのよ……あたしは、なんだってすると決めた……」

「すでに亡くなったお母様のため、その無念を晴らすため……そんなふうに言われましたか？」

「…………」

「あなたのお母様は、自分のために娘を犠牲にする人だったのでしょうか」

洗足がそっと咲花の肩を押し下げた。

咲花はよろよろと、もとの位置に戻る。正座はできず、ぺたんと脱力して座る。ひろむは彼女に寄り添い、「大丈夫？」と囁《ささや》いたが反応はなかった。あの内出血が薬物投与によるものならば……彼女の感情が安定していなかったのも頷《うなず》ける。手遅れになる前に、専門医に診せなければならない。

けれど……いったい、誰が咲花にこんなことを？

「怒りや憎しみ……それらは太古の昔から、我々人間とともにあります。人類の歴史は戦いの歴史でもある。もとい、猿の頃から私たちは争っていた。奪い奪われ、殺し殺されの歴史です。自分を、あるいは自分の血縁を、さらには集団を守るためには、怒りや憎しみをエネルギーに変換し、奮い立たねばならなかったのでしょう。おまえの家族を殺した、あの憎い敵の国を許すな——進化した猿の為政者はそう叫び、悲劇が幾度も繰り返されてきたのは、皆様もご存じの通りです」

「だから憎むなと仰《おつしや》るのですか」

上擦った声で、そう言ったのは田鶴だった。

「ご亭主。それは綺麗《きれい》事です。ええ、ええ……戦は酷《むご》いもの。私はお若いあなたより、それを知っています。けれど、これは戦ではないのです。平和な世に、家族を殺人鬼に奪われた気持ちは……あなたにはわかりますまい。私は、許せない……今もこの身が、枯れ木のような老いた身が、燃えだすかというほどだというのに……許せるはずがありません……！」

「許せとは申しません。……申し上げられるはずもない」

洗足は言い、静かに点前《てまえ》座に戻る。

釜《かま》の蓋《ふた》を開け、まず白湯《さゆ》を茶碗《ちゃわん》に注《つ》ぎ、マメに目配せをした。まだ目の赤いマメが、静かにそれを咲花の前に運んだ。ひろむは咲花の冷たすぎる手を取り、温かい茶碗を持たせる。咲花は茶碗を持ったままじっとして、口をつけようとはしない。

「田鶴さん」

釜の蓋をとじた洗足が、ゆっくりと田鶴に向き直った。

「あなたは、娘さんとお孫さんを亡くされた」

「……ええ、ええ……殺されたのです」

田鶴は皺《しわ》だらけの細い首で何度も頷いた。

「あなたの弟に」

青目甲斐児に。

「だから、私の指が欲しいと？」

「そうです。あなたの指が必要なのです。もちろん、あなたに罪がないことは理解しております。鉈《なた》を振るったという木根さんも、そこのお嬢さんもそうでしょう。わかっていても……お願いするしかないのです」

言葉とともに視線が咲花に移る。いまだ放心したような咲花の唇が、微《かす》かに動いたように見えた。けれど声はなく、なんと言ったかはわからない。

「《土真》《鬼指》《天邪鬼《あまのじゃく》》……木根さん、田鶴さん、咲花さんは実在しない妖人《ようじん》を名乗り、青目甲斐児による事件の被害者のご遺族であり、復讐を目的にしている。それが共通点なのですが……田鶴さんだけは、事件について誤解なさっています」

「……誤解などしておりません」

「そうでしょうか。それをはっきりさせるために、ご足労いただいたのがこちらにいらっしゃる、狛江《こまえ》要介《ようすけ》さんです」

ひたすら無言で成り行きを見守っていた白髪の老紳士が、皆に向かって頭を下げた。この人もなんらかの事件の被害者かと思っていたのだが、違うらしい。

「狛江さんは昨年まで、ペインクリニックの院長をされていました。私も大変お世話になりましたので、狛江先生と呼ばせていただきます。現在は医師を引退されていますが、そのきっかけとなったのもまた、青目の存在でした」

殺人鬼の弟について、なぜこの人はこんなにも淡々と語れるのだろうか。

ひろむはふとそんなことを思う。兄弟関係がどんなものだったのかまったく知らないが……いずれにしても、その内心が平静なはずもない。洗足はいったいどうやって、感情の波をコントロールしているのだろう。

「一年ほど前、青目の画策によって、大きな罪を犯してしまったご婦人がいらっしゃいました。ご高齢でしたが、かつては看護婦として働き、その頃に狛江先生と知り合ったのです。……そうですね？　先生」

「その通りです」

狛江医師が答える。

「彼女は本当に働き者で、医師やほかの看護婦からの信頼も篤《あつ》かったのです。無論、だからといって彼女の罪が許されるわけではありませんが……医療者として、多くの命を救った彼女を、私はよく知っているのです……」

少し嗄《しわが》れてはいたが、しっかりと聞き取りやすい声だった。

「その方の名は五百木可代《いおぎかよ》さんといいます。彼女の起こした殺人事件について、まだ記憶してらっしゃる方もいることでしょう。彼女は高齢の上、持病もあり、拘留中に病死しましたので、裁判は行われていません。また、この事件に青目が関与していたことは公表されていませんが……事実です。つまり五百木さんは、加害者でもあり被害者でもありました」

加害者でもあり、被害者でもある——。

そう、そういうケースはあるのだ。ひろむは弁護士という職につき、その現実を知ることになった。犯罪者の一定数は、過去においての被害者だ。法的な被害者ではない場合でも、社会的弱者だ。無論、だから罪が許されるわけではない。それでも人々は、その構造を知っておくべきだと思う。そこから目を背けては、犯罪を減らすことなどできないからだ。

「……私はいまだに信じられません。彼女があんな……」

声を震わせる狛江を見つめながら、洗足が「五百木さんは、ある昔話を狛江先生に語っていました」と告げる。

「……はい。とても、不思議な体験だったと、彼女は話していました。十五年ほど前の話だそうです。家の改修工事のため、彼女は一時期アパートで暮らしていました。ある夜……風の強い春の夜、乳児を抱えた男が突然訪ねてきたそうです」

同じアパートに住む男だったらしい、と狛江は続けた。残念ながら乳児はすでに息がなく、蘇生《そせい》を試みたがだめだったそうだ。

「五百木さんが乳児の死亡を告げると、男は子供を抱いたまま去って行ったそうです。もちろん彼女は警察に連絡しました。警察官が来た時には、その男の部屋には女性と乳児の遺体のみで、男はすでにおらず……」

「逃げたんですよ！」

絞り出すような声は、田鶴だった。身体を前傾させ、畳に縋《すが》るように爪を立てる。

「あの男は逃げた……！　私の娘と、孫を殺して、青目は逃げた……！」

ザリザリと音がする。畳の目に逆らう爪はとても痛そうだった。

ひろむは眉《まゆ》を寄せながら考える。つまり、五百木という人は、青目甲斐児とその夜に知り合ったということか？　青目は女性と子どもを殺害し、逃走した。そして二十年後、再び五百木さんのもとに現れて、彼女を事件に巻き込んだ……？　さらに、二十年前殺されたその母子の遺族が、今こうして憤っている田鶴さんで――。

「私は……娘を五つで手放しました。手放したくなかったけれど、そうするしかなかったのです。夫が亡くなり、義父母は私に出て行けと言いました。娘だけ残して、出て行けと……思い出したくもない、ひどい仕打ちもありました。私は耐えきれずそこを出ました。最初はひとりで、けれどすぐ娘を迎えに行くつもりでした。けれど頼る実家もなく、職はなかなか見つからず、さらに病まで得てしまい……こんなことでは娘を育てることは難しいと……諦《あきら》めてしまったのです……」

あの時、諦めなければ。

歯を食いしばってでも、娘を連れて出ていれば。

そんな後悔が、何度彼女を襲ったことだろうか。彼女はなにも悪くないのに。

「私は胸を病んだので、一年以上療養所暮らしでした。それでも完治し、数年後には再婚いたしました。娘のことは忘れようとして……忘れられなくて……月日ばかりが流れていき……どこかできっと生きていると、元気でやっているはずだと……けれどあの日、遺体で見つかったと警察から連絡があったのです。娘は……私の、古い、保険証を持っていました。とっくに有効期限の切れたものです。端の切れたそれを、化粧ポーチに入れて……他には一切、連絡先がわかるものはなく……だから私のもとに連絡が……。私は冷たくなった娘に会い、さらに、動かなくなった小さな孫娘を見ました。その時、初めて知ったのです。私が去った後、数年で義父母は亡くなり、そのあと娘がどれほどつらい思いをしてきたか……なぜ、なぜ私は、迎えに行ってやらなかったのか……！」

そうか、とひろむは悟った。

彼女が許せないのは青目だけではない。自分のこともまた、許せないのだ。だからこそこんなにもつらいのだろう。その苦しみをなにかに転嫁せずには、生きて行けないほどに。田鶴の嗚咽《おえつ》を聞いているだけで、胸が軋《きし》むようだ。ひろむに寄りかかるようにしている咲花もまた、息を詰めて震え始める。

「あの男を……あの《鬼》を、許すわけには参りません……ですから指を。どうか指を下さいまし……！　念願かなった暁には、私の命とかえてもよいのです……！」

田鶴が洗足に縋りつく。

洗足は彼女を振りほどきはせず、そのか細く小さな身体を受け止める。マメがやってきて、優しく田鶴の背中を撫で、もとの位置に誘った。田鶴は従い、差し出されたハンカチに涙を吸わせると、深呼吸を何度かしたあとで、「失礼いたしました」と詫《わ》びた。

「……田鶴さんに伺います」

いくらか落ち着きを取り戻した老婦人に、洗足が問う。

「娘さんが亡くなった時、警察は事件をどう説明しましたか？」

「………」

田鶴は答えず、喉《のど》をくっと硬くした。

「恐らく、警察はこう説明したはずです。乳児に関しては……首を絞めて殺されたようだ。そして娘さんは自殺だったと」

自殺？

では青目が殺したのは、乳児だけだということに……。

「さらに、乳児の首に付着していた指紋は、娘さんのものだった」

え、とひろむは混乱する。ならば、乳児を殺した母親が、そののち自殺したことになる。つまり青目は、この事件に限っては誰も殺害していないと？

「警察の説明は、狛江先生が聞いた話を裏づけるものです。先生、五百木さんはどう語っていましたか？」

「彼女は最初、その男が乳児を殺したのではないかと疑ったそうです。首を絞めた痕《あと》ははっきり見えていたわけですから。けれど、男はこう言ったと」

──母親ってのは……自分の子供を殺そうとするものなのか？

青目は、五百木にそう聞いたというのだ。

「自分もかつてそうされたと。そして、この子供もそうなのだと……。五百木さんは驚き、けれど同時に納得もできたと。その男は、もう息のない赤ん坊をなんとか救おうとしていたそうです」

「嘘はやめてください！」

田鶴が叫ぶ。狛江はその反応を予想していたのだろう、うろたえることはなく、もと医師らしい冷静な口ぶりで「嘘ではないのです」と返した。

「私が五百木さんからそう聞いたことは、誓って嘘ではありません。また、五百木さんがこの話で嘘をつく必要もない。ですから、少なくとも五百木さんの目にはそう映ったのです。そしてそれは、警察の所見とも一致しています」

「だ、騙《だま》されているのです。みんな騙されているのです。あの男が警察を謀ることなど容易《たやす》く、自分の罪を隠すことだって可能なはず。青目とはそういう男なのです！」

「確かに、あれはそういう男です」

田鶴の訴えに、洗足が答えた。

「今まで青目が起こしてきた犯罪を思えば、田鶴さんがそのように考えてしまうのは無理もないでしょう。……時に、田鶴さん。あなたはいつから青目について……つまり、あの男が犯してきた数々の罪についてご存じなのでしょうか？　青目の犯罪については、非公開の部分もかなりあります。警察関係者でもない限り、青目がどれほど狡猾《こうかつ》で恐ろしい犯罪者なのか、知っているのは不自然なのです」

「それは……」

「あなたに情報を提供した者がいた。私はそう考えています」

「…………」

「田鶴さんだけではない。木根さん、咲花さんにもまた、情報提供者がいた。その人物はあなたがたに、いわば『復讐《ふくしゅう》代行』を申し出たのではありませんか？　青目甲斐児を憎み、けれどあの殺人鬼に対抗できるはずもないあなたたちに代わり……自分が復讐を果たしてやろうと」

田鶴は黙して視線を逸《そ》らす。咲花も下を向いてしまい、狛江医師は困惑顔だ。

「い……いったい」

だからひろむが口を開いた。

「いったい、誰がそんなことを？」

洗足がこちらを見る。隻眼の湛《たた》える光は悲しみか怒りか……ひろむにはわからない。

「それには名前すらないのです」

名前がない？　その返答にひろむは戸惑う。

「あったとしても、借り物、あるいは盗んだ名前や戸籍です。おそらく、田鶴さんや咲花さんも、直接会ったことはないのでは？　連絡を取る手段はいくらでもありますからね。木根さんも同様だと思います。私も顔を知りません。正確な年齢もわからない。ただし、性別は男性のはずです」

「……その人物は……仮にその人物が、洗足先生の仰《おつしや》るように、被害者遺族に復讐代行を提案したというなら……なぜ、そんなことを？　青目という犯罪者を粛正する正義の味方？　……いいえ、それもおかしい。そもそも、鉈《なた》で狙われたのは洗足先生です。青目ではありません」

「そう。木根さんは私の腕が欲しかった。この場合、『腕』は誰かを突き落とすという象徴と言えます。《士真》は、李生によって突き落とされたわけですからね。そして木根さんの妹である誉田さんは、マンションの屋上から突き落とされて亡くなった。……実際は、脅迫され、自ら飛び降りたと考えられていますが、突き落とされたと解釈できなくもない」

洗足の説明に、ひろむは必死についていこうとする。

「さらに田鶴さんが欲しいのは私の指。これは、お孫さんが首を絞められていたことに結びつけたのでしょう。となると、指と関連する架空の妖人《ようじん》を作り上げたい。そこで古い日本の怪談話から、《鬼指》を見つけたのです。これは『怪醜夜光魂《かいしゅうやこうのたま》』の二巻にある『龍田《たつた》といふ遊女の指鬼形になりし事』からきていると思われます。随分あちこちから探し、無理やりこじつけたものだ」

「つまり、わざわざ架空の妖人を作り、それを名乗らせていたと？」

「そうです。ヒントを出していたつもりなんでしょう」

「誰に向けてですか？」

「それはもちろん私ですよ。みなさん、私に名乗られるわけですから」

実際、三人は洗足の前に現れた。

被害者の家族は、加害者の家族に相見《あいまみ》えた。《土真》として。《鬼指》として。そして《天邪鬼《あまのじゃく》》……咲花もまた、刃物を携えてここにやってきた。だが誘ったのはひろむだ。いや、妖琦庵に連れてくるように行ったのは洗足で……ああ、でも、それはひろむが咲花のことを相談したからだ。

ならばひろむの行動もまた、犯人に操られていたことになる。

なんだ、これは。いやだ。絡まりつく糸のせいで、息苦しい。

「復讐代行には交換条件がありました。恐らくは、このような」

――腕を、持っておいで。洗足伊織の腕を。

――指をもらっておいで。洗足伊織の指を。

――方法はなんでもいい。襲ってもいい。懇願してもいい。騙してもいい。勇気の出る薬を用意してあげよう。頭が冴《さ》え、心の強くなる薬だ。名乗ることを忘れないで。士真だと、鬼指だと、天邪鬼だと。洗足伊織の部分をちゃんと持ってきたら……。

「青目甲斐児を殺してやろう。そう約束したのです」

耐えきれずに漏れた、呻《うめ》き交じりの吐息……それは田鶴から聞こえてきた。それだけで、洗足の読みが外れてはいないのだとわかった。一方、咲花は頬を歪《ゆが》めて「ふ」と小さく嗤《わら》う。

「……そう、約束してくれたの」

下を向いたまま、くぐもった声で咲花は言った。

「自分なら、青目を殺せるって。自分は青目のことをよく知ってるからって……」

「それを信じたのですね？」

洗足が問い、咲花はやっと顔を上げて「信じた」と返す。

「実際、その人は青目甲斐児をよく知ってたし、うちの事件についても、まるで警察みたいによくわかってた。あなたのこともすごくよく知ってた。この家の間取りも、茶室のことも、住んでる人のことも……そこにいるのは弟子丸《でしまる》ママくんだよね。あと夷っていう人もいる。ふたりは妖人なんでしょ。そういうこと、怖いくらい知ってた。だからあたしは信じた。きっとこの人なら、ママを殺した奴を、殺してくれるって」

ママが怯《おび》えた顔で洗足を見た。洗足は少し眉《まゆ》を寄せ、

「たしかに、その人物ならば青目を殺すことは可能かもしれません」

そう語る。

警察がこんなにも手こずる連続殺人犯を、殺せる？

それほどの……なんだろう、どういう言葉を使えばいいのだろう？　それほどの優れた？　それほどの賢い？　あるいはそれほどの恐ろしい？　とにかく、青目を上回るというのだろうか、その名も無い人物は。

「ですが、そうする可能性は低いでしょうね」

「……約束は守られないと仰るのですか？」

聞いたのは田鶴だ。洗足は「はい」と頷《うなず》く。

「そもそも、その約束が履行される条件……つまり私の腕なり指なりを、あなたがたが入手できるとも思っていない。最初からできないと思っているから、行き当たりばったりな計画で構わなかった。いわば、あなた方はそれぞれのセリフを与えられた役者であり、私はそれを見聞きする観客だったのです。私はセリフの意図を読み解き、

あなたが何者なのかを推理し、そしてこの茶室に招きました。私がそうするであろうことも、勿論《もちろん》最初から読まれている。正体不明の人物は、ここで私がなにを語るかも知っている」

洗足は深い呼吸をひとつ入れた。自分自身を落ち着かせるように。

「すべては筋書き通りに運んでいるだけと知りながら……それでも私は皆さんに会わなければなりませんでした。そうしないと、皆さんの役割が終了しないからです。田鶴さん、咲花さん、木根さん……三人の役割は、私に会い、被害者遺族としてその悲しみを、怒りを、絶望を、訴えることでした。ならば今日、その役割は遂行されたのです。おふたりは、本日この瞬間から、その人物と連絡を絶ち、これ以上関わってはなりません。渡された薬や携帯電話も処分してください。可能ならば、一時的に東京から離れるのが望ましい。警察に連絡する必要はありません。今の段階ならば、無言のまま手を引くのがもっとも安全なのです」

「いや、です。私は……あの子たちの復讐《ふくしゅう》を……」

「田鶴さん。その事件は青目の犯行ではありません。……いえ、万一、そうだったとしても、そしてあなたが私の指を手に入れたとしても、復讐はなされない。青目を殺す必要などあの男にはないのだから」

殺す必要などない……それはどういう意味なのか。

三人の被害者遺族をけしかけた者と青目は、いったいどういう繫《つな》がりなのか。

それを洗足は知っている？

では犯人についても知っている？

だが先ほどは、はっきり言っていた。名前も年齢も知らないと。洗足が嘘をついているとは思わない。けれど……すべてを語っているとも思えなかった。

「人の心を弄《もてあそ》ぶ、卑怯《ひきよう》で狡猾《こうかつ》な犯罪者に、あなたがたは利用されてしまった。残念ですが、それが事実です。どうかご自分が無事なうちに、手を引いて下さい。心から……お願いいたします……」

洗足は畳に手をついた。

そして深く頭を下げる。それは真摯《しんし》な依頼……あるいは謝罪にすら見えた。

「……孫の……復讐、を…………」

洗足の言葉は、田鶴には受け入れがたいものだったのだろう。聞こえていても、理解することを拒んでいた。だが同時に、彼女の中に残る理性はそれを受け取っていて、だからこそ薄い肩はガクリと落ち、呆然自失《ぼうぜんじしつ》の表情になる。

ひろむもまた、そんな顔をしていたかもしれない。

すべては筋書き通り――役者と、観客。

まるで青目甲斐児の犯罪のようだ。

そうだ、よく似ている。

いや、あるいは青目よりもっと狡猾で、緻密で、大胆なのに、姿がない。

洗足にすら、見えていない。

見えない者と、いったいどう戦えと？

それは名前すらない、正体不明者《アンノウン》なのだ。

うちの前髪が長いんは、色々見えるのが怖いから。

色々は、色々や。世の中の色々。誰かの怒っとる声。誰かの笑《わろ》うとる声。誰かの罵《ののし》り声。それはきっと誰かがうちを怒っとって、うちを笑うてて、うちを罵っとるんやと思うてた。子供の頃からそんなんばっかしやったもの。

うち、たまにほんま不思議に思うんや。みんな、なんで生きとるんやろ。

なんで生まれてくるんやろ。

っていうか、なんで産むんやろなあ。お母ちゃんだってそうや。うちのこと産まんほうがよかったんとちゃうかなあ。見捨てるくらいなら、産まんでよかったのに。おばあちゃんとおじいちゃん、よう言うてた。ひどい女やったって。お父ちゃんが死んだら、あたしのことなんかもう知らんて、出ていったって。

おばあちゃんとおじいちゃんが亡《の》うなったんは、うちが八つの頃や。

ほんで、新しくママができたんや。ええと……おじいちゃんの、弟の、娘？　ようわからんけど、とにかく、親戚《しんせき》の人。今日からあんたのママだからね、って言われた。周りの人が、遺産目当てとかなんとか言うてたけど、うち、難しいことようわからんもの。

ママもな、うちのこと嫌いやったんと思う。せやからよう叩《たた》かれた。でもしゃあないんよ。うちは頭も悪いし、気もきかん。役に立たん娘やったもんなあ。ママもしんどかったと思うんよ。ママはうちのせいでシングル・マザーちゅうのになったわけやし。女の人がひとりで生きてくのは、大変なことやろ？　男の人はちょいちょいきたけどな、長続きはせえへん。うちがおるからや、てよう言われた。中学に上がったくらいから、ママ、うちのこと泥棒て言うようになった。人の男を盗《と》るて。けど、うちはなんもしとらん。ただ、男の人が言うようにしとっただけなんよ。こっちおいで、それ脱いでごらん、ここ触ってみい、誰にも言うたらあかんで……。嫌やったよ。けどそうせんと、男の人は機嫌悪うなって、そしたらママが殴られるしな？　うちに触りながら、男の人たちはよう言うてた。なんで前髪そんなに長くしてんのや、って。せっかくの綺麗《きれい》な顔が見えんて。でもうちはそれでよかった。はっきり見えんほうがええやん。

世の中に、はっきり見たいものなんてないやん。

色々見えたら、色々わかったら、死にたくなるだけやん。

そんなふうに思うてた頃……うちが十六くらいかな。あの人と知りおうたんや。

そんで、ぜーんぶ捨てて、あの人と生きることにした！

荷物もなんも持っていかんかった。持っていきたいものなんか、一個もなかったし。

あの保険証？　あはは、あれな。あれは内緒やで。なんかな、一応な。うちは頭が悪いし、お母ちゃんの名前を忘れたらあかんと思うて。だって、いつか会《お》うたら、文句言うてやらんと。

あんたひどいなって。なんでうちを捨てたんやって。

……うん……でも、わかっとるんよ。今はもうわかる。お母ちゃんにも、なんか事情があったんやろ。見捨てられてる子供、うちだけやないもの。しんどい人は、たくさんおるんやろ。だからって許せるもんでもないから、文句は言うけどな。ふふ、心広いやろ。だって今は、昔よりぜんぜんラクやもの。

あの人はすごいなあ。

まるで魔法使いみたいに、うちを自由にしてくれた。

ママが事故に遭《お》うた時はびっくりしたけど、けど、あれはあれでよかったんちゃうかなあ。お金があった頃はよかったけど、そんなん一瞬で、あとはずっと苦労しとった。ママもやっぱり、生きとるんがしんどそうやったし。ようわからんけど……まあ、ええと思う。わからんでええ。ぼんやりがええ。はっきり見えるのは怖いもんな。

……けどなあ、あんたの顔は見たいなあ。

ほんま、男前や。背ェも高いし、モデルになれるんちゃう？　いくつやったっけ？　はたち？　ふうん。あの人とはあんまし似とらんのやなあ。

え？　前髪？

いやや、切らへんよ。……うん、もう怖いのはだいぶ減ったけどな……前髪ないと落ち着かへんもの。え？　分けるの？　……ふふ、くすぐったい。うちの分け目、たぶんこっちやで。

あ、半分、開《ひら》けた。

こっち半分はよう見えるけど、こっちがわは見えへんな。半分なら、ええかも。がまんできるかも。このピン、どないしたん？　なんで持ってたの？　うちの前髪、そない気になってた？　あはは、おかしいなあ。なんでじっと見るん？

もしかして、うち、誰かに似とる？

九

「なんだって、今まで黙ってたんですか」

不満を隠さないトーンでの問いに、鱗田は「すまん」と素直に謝った。隣に腰掛ける脇坂も、同じように頭を下げる。

「脇坂だけならともかく……ウロさんまであの先生に懐柔されるなんて」

眼鏡を軽く押さえ、呆《あき》れ声を出すのは玖島直《すなお》だ。警視庁捜査一課Y対連携係長、要するに捜一とY対のあいだを取り持つ部署の責任者である。

「我々の仕事は情報共有がなにより大事なんです。時に、自分の手柄ばかり追い求めるタイプの厄介な刑事もいますが、ウロさんはそうじゃないと思ってたのに」

「ウン。すまんな」

「正直、最初のうちはなに考えてるんだかよくわからなかったし、現場叩き上げのベテランさんは、だいたい私のことを嫌いますからね、どうせうまくやっていけないだろうと思ってましたが、それは勝手な思い込みだったと反省したりもして……」

「ウン」

「ウロさんは洗足先生からの信頼も厚いし、妖琦庵と我々警察とを繋《つな》いでくれる存在だと信じていたんです。なのに」

「ウン」

「……ちょっとは言い訳してくださいよ」

玖島が苦い表情で言う。けれど鱗田としては言い訳のしようもない。確かにその情報は共有すべきだったし、同時に危険性も孕《はら》んでいた。鱗田の感覚では五分五分であり、なのに洗足の意見を優先させたのは、個人的な情というやつだったかもしれない。

「俺が悪かったんだよ。上に報告してくれていいし、始末書が必要なら書く。だが、脇坂は俺に言われて黙ってただけだ。頑固な先輩刑事に強く命じられたわけで、こいつが悪いんじゃない」

「報告するつもりなんかありませんよ。ウロさんがY対から外されたりしたら、困るのは私なんですから」

「そうか。すまんな」

「もう謝らなくていいです。それよりちょっと整理させてください。ええと……この話がこのタイミングで出たということは、ウロさんはそこに関連性を見出《みいだ》しているってことですよね？」

その話とはつまり、《鵺《ぬえ》》である。

そして、このタイミングとは——沢村咲花が失踪《しっそう》したというタイミングだ。

母を亡くし、父も闘病中である咲花の保護者となり、同居している叔父《おじ》から警察に相談があったのである。

「脅迫があったわけではないし、普通なら、自発的な家出だろうってことになりますがね。ですが、咲花さんは、沢村穂花の娘です。今回も青目が関わっている可能性ありと見て、捜査一課が動き始めてます。みんな躍起ですよ、なにしろ青目の足取りは一向に摑《つか》めてないんだから……」

「ウン、まあ、青目の線もないわけじゃない。だが、《鵺》のことも視野に入れたほうがいいと思ってな、話した次第だ」

「もちろんそうします。でももっと情報がないと。結局なんなんです、その《鵺》って妖人《ようじん》は。……ええと、誰も姿を見たわけじゃないんだろ？」

今度の質問は脇坂に投げかけられていた。だいぶ疲れた様子の脇坂が「少なくとも、僕たちは見てません」と答える。この数日、《鵺》に関してあらゆる方向から調べていた脇坂だが、いまだ何の手掛りにも辿《たど》り着いていないのだ。洗足家への訪問も、相変らず拒まれているらしい。

「名前を……《鵺》、という名称を聞いただけです。小鳩ひろむさんから」

「もう一度整理するぞ。小鳩さんは『麒麟《きりん》の光』事件の時に、あの団体について独自で調査をしていて、その最中にひき逃げに遭った、と。その犯人は捕まっていないが、『麒麟の光』事件に関わった者である可能性も高い、と」

「そうです」

「おまえと小鳩さんには個人的な友好関係があり、彼女が退院し回復してから一緒に妖琦庵に行って素麺《そうめん》を食ったと。……ふうん。素麺、うまかったか？」

「え？　あ、はい」

玖島が「そりゃよかったな」とだいぶ無愛想に言う。もしかしたら自分も誘って欲しかったのだろうか。

「で、その時……小鳩さんは青目の写真を見せられたわけだな。この男をどこかで見てないかと。そして彼女は青目の顔を知っていた。見ていた。ただし……」

夢の中で、だ。

しかしそれは現実だった。入院中、朦朧《もうろう》としていた彼女は夢だと思い込んでいたが、青目は実際に現れたのだ。この件は報告を上げていた。鱗田が洗足に頼まれ、伏せていたのはここから先だ。

「しかも青目は喋《しゃべ》ったと。謎のメッセージを残していたと」

「……はい」

「《鵺》に気をつけろと」

「そうです。それを聞いた時、先生はとても驚いていました」

「あの人でも驚くのか」

「顔には出ませんけど」

「顔に出ないのにどうしてわかるんだ」

「それは……なんというか……ええと……」

脇坂が首を捻《ひね》っている。本人も説明できないようだ。洗足伊織という人は感情の起伏をあまり表に出さないが、だからといって、決して喜怒哀楽に乏しいわけではない。人間に対する観察力に長《た》けており、かつ洗足を尊敬し大きな影響を受けている脇坂は、洗足の感情の揺れをなにかしら感じ取ったのだろう。

「それで？《鵺》ってのはどんな妖人なんだ？」

「わかりません。先生はなにもおっしゃらなかったんです。そもそも《鵺》という妖人が実在するかどうかすらわからないんです」

「いや、聞けよ、そこは」

「聞きましたよもちろん。……でも見事にスルーされました。あの手この手で、なんとか探ろうとしたんですけど……結局、出禁を食らって……」

ふう、と脇坂がため息をつく。

「なにも教えてくれず、事情も話してくれず、なのに報告しないでくれなんて……先生は本来、そんな虫のいい要求をする方じゃないのに……」

出入り禁止を言い渡され、脇坂はずいぶん凹《へこ》み、鱗田も何度か愚痴につき合わされたのだ。もっとも、なんだかんだと文句を言いつつ、最後はいつも「よほどの事情がおありなんだと思います」と、むしろ洗足を擁護していたが。

「《鵺》ってのは、あれだろ。なんか色々あわさった妖怪だったよな」

「ええ。妖怪のほうの鵺なら、頭は猿、胴は狸、尾は蛇で手足は虎ですね」

「見た目がそれに近い妖人、ってことはなさそうだな……性格というか、性質はどういうタイプなんだ？」

「伝説では源頼政《みなもとのよりまさ》が退治した怪物ですね。でも実はこちらは声が鳥のヌエによく似ていたため、そう呼ばれていたという話もあって……。鳥のヌエは、夜や夜明けに悲しげな声で鳴くんです。それを不気味に思った昔の人々が、凶兆とした……僕が知ってるのはその程度です」

「パッチワーク妖怪で、鳥でもある？　なんだかよくわからないな」

「よくわからないんです」

「青目は、その《鵺》に気をつけろ、と言ったんだよな？」

「小鳩さんの記憶ではそうです。正しくは、気をつけろ、麒麟のとなりに鵺がいる」

「青目は小鳩さんをメッセンジャーに使ったんだな……彼女が洗足伊織に会うことも、自分の写真を見せられることも予測していたはずだ。だから彼女に伝えた……麒麟は、まさしくあの麒麟でしょう？」

今度は鱗田を見て聞く。鱗田は頷《うなず》き、「麒麟の光、だろうな」と答える。

「あるいは、麒麟自身。つまり、宝來《ほうらい》リンとも考えられる」

「そう、リンさんだと思いますね。結局あの子は殺されてしまった。……宝來母子《おやこ》を殺害したのは、リンさんが『先生』と呼んでいた男。これは仲村渠《なかんだかり》さんの証言から明らかです。その『先生』の洗脳によって、引き起こされた事件なんですよ。犯行スタイルや証拠を残さない綿密さから、我々は青目が容疑者と想定して捜査し続けていたわけですが……違っていたということなのか……？　犯人は、《鵺》だと？」

言葉の最後はほとんど呟《つぶや》きになっていた。玖島は一時停止の画像のようにしばらく固まっていたが、やがて「いやいや」と頭を軽く振った。

「捜査を撹乱《かくらん》させるための、青目の手口なのかも。奴ならあり得る。その可能性も捨てないまま、《鵺》の捜査も同時進行で行こう。……麒麟の事件を洗い直さないと」

「玖島さん、リンちゃんのお世話役兼監視役だった、木村《きむら》という人を覚えてますか」

脇坂に聞かれ、玖島は「ああ、覚えてる」と答えた。

「事件直後、ふいっといなくなったんだ。明らかに怪しかったから行方を追ったら、案外あっさり見つかってな。あの娘が死んでしまったショックが大きすぎて、厭世観《えんせい》がマックスになったんだろうなあ。親戚《しんせき》筋の田舎に引っ込んで、山奥の寺で雑用をしていた。ちゃんと話も聞いたが、アリバイがあって容疑からは外れたんだ」

「はい、それは調書で見ました。僕は青目の言葉を聞いた時……麒麟のとなり、というやつですね、最初にその人を思い浮かべたんです。だから会いに行ってきました」

「え。おまえ、行ったのか。確か香川の山奥で、すごい不便なとこだろ」

「移動だけで、半日以上かかりました……。でも会って確認したかったんです。木村さんは涙声で話してくれました。今でも、彼女の夢を見ると」

——ええ、まだ立ち直れてはいません……。でも、夢の中でリンちゃんは笑っているのです。今はもう、つらくないから大丈夫と……。本当に可哀想な子でした……リンちゃん……。

「僕は木村さんと初対面だったんですが、お話しした印象からは、リンちゃんを洗脳した犯人とはとても思えませんでした。アリバイも今一度確認して、工作できるようなものではないとわかったし……でも、ひとつ、ひっかかるんですよね……」

「なにが」

「リンちゃん……」

「は？」

「木村さんは彼女の世話役兼監視役であると同時に、信者でもあったんです。そしてリンちゃんは、麒麟様として、いわば神の化身のように崇《あが》められてたんです」

「知ってるよ。それがなんだ？」

「信者たちは『象徴様』と彼女を呼び、直接話しかけることすら、禁じられていました。ごく身近な人でも……実母ですら『リン様』と呼んでいたそうです。なのに木村さんはリンちゃん、と」

「お世話係だから、特別だったんじゃないか？」

「いえ、それはあり得ないと、元信者さんから聞きました。少しでも馴《な》れ馴れしくすれば、宝來さんに……リンちゃんのお母さんに、叱責されたそうです」

「だとすると……あんな事件があって団体が解体され、あの子は洗脳されていただけで、本当にべつに象徴様じゃないとわかった今だから、とか？」

「もちろんそれは考えましたが、でも、人の呼び方ってそんな簡単に変えられるでしょうか……一度染みついたら、なかなか……ほら、学生時代の友人のこと、いまだにあだ名で呼んだりしませんか？」

「ええ？　まあ、そういうこともあるけど……」

玖島が首の後ろを掻《か》きながら考え込む。ちなみに鱗田の学生時代のあだ名はウロであり、今とさして変わらない。

「……脇坂、お前、もしかして……その木村さんが偽者だとでも？」

はい、と脇坂は頷く。こいつのあだ名はなんだったのだろう。

「そうなんです。可能性はあると思うんですよ。《鵺》が青目と同じぐらい用意周到な人間なら、身替わりを用意してあってもおかしくないです。身分証なんてなんとでもなりますから」

「だがそもそも、別人なら顔が違うだろうが」

「捜査員で、木村さんの顔をはっきり覚えていたのは誰ですか？」

「覚えてなくても、事情聴取の時に写真を撮……」

言いかけている途中で、玖島は気がついた。そうなのだ。脇坂の仮説が正しいとすれば、写真を撮った時にはすでに入れ替わっている。

「……ウロさん、木村さんと会ってますよね」

「ああ」

「調書の写真と同じ顔でしたか？」

「それがなあ……」

「え、まさか覚えてないんですか？　ウロさん、人の顔覚えるの得意でしたよね？」

「得意になっちまったんだよ、仕事柄。木村さんも覚えてるつもりだったんだが……そもそも特徴に乏しいタイプで、こう、もさっとしててな。背中が丸くて俯《うつむ》きがち、こっちの目を見て話さないタイプで……。確か、右眉《みぎまゆ》の横に、一センチくらいのホクロがあってな。調書の写真にもあったが」

「ならば本人ですね」

玖島は安堵《あんど》したように言ったが、鱗田は「いや、かえってそれがまずいんだ」と白髪の増えてきた頭を掻く。

「そういう特徴に安心して、ほかを見なくなる。油断したよ。ホクロなんてのは、いくらでも付けられんのに」

「玖島さん、『麒麟《きりん》の光』本部には木村さんの写真が一切なかったんです。集会の様子を記録したものなども全部見ましたが、ありませんでした。それも気になってます」

「………………」

玖島はとうとう黙り、眼鏡を外して眉間《みけん》を摘《つま》むと、そのまま動かなくなった。考えているらしい。

「玖島さん、木村さんの聴取は誰が？」

「……捜査一課の楠本《くすもと》だ。香川県警まで出向いてな」

「楠本さんは、木村さんの顔を知ってましたか？」

「……いや、知らなかったはずだ。現場で居合わせたりはしただろうが、せいぜい、チラッと見た程度だろう。本人確認は、免許証でした」

「今一度、確認したほうがいいと思います」

身を乗り出して脇坂が言う。

玖島は眼鏡をかけ直し「わかった」と答えた。眉間に爪の痕《あと》がついている。

「常磐《ときわ》を行かせよう。あいつは『麒麟の光』の張り込みをしてたからな、木村さんの顔もしっかり見てるはずだ。……聴取の時には、謹慎中でいなかったんだよ」

常磐は宝來リンに惑わされ、内部情報を漏らしてしまい、処分を食らっていたのだ。事件の結末にかなりショックを受けていたらしいが、今では立ち直り、新たな事件の解決に取り組んでいる。本当に立ち直ったかどうかは鱗田の知るところではないが、少なくともそう見えるし、凶悪事件は刑事の精神的回復など待ってくれない。

「えー、沢村咲花の失踪《しっそう》の件に戻ろう。これには青目が関与している可能性があり、《鵺》が関与している可能性もある、と。まあ、一時的な出奔もあり得るわけだが……叔父《おじ》いわく、帰りが遅くなることもあったが、必ず連絡をくれる子だったと」

ならばやはり、なにがしかの事件に巻き込まれていると想定すべきだろう。鱗田は立ち上がりながら「妖琦庵に行きますよ」と玖島に告げた。

「うん、そうしてくれ。《鵺》の情報があまりに足りない。あの先生から、なんとか話を聞き出してほしい。咲花さんの失踪を知れば、先生だって黙ってはいられないはずだ。ああ、脇坂も一緒に行けよ」

「……はい」

いくらか弱い返答に、玖島が「ああ、出禁食らってたっけか」と言う。

「けどな、仕事だぞ。人命かかってんだ。たとえ玄関先で蹴飛《けと》ばされようと、茶杓《ちゃしゃく》で煮え湯を飲まされようと、縋《すが》りついてでも情報提供してもらってこい！」

「わ、わかりました！」

脇坂は背中をしゃんと伸ばして返事をする。ほんとめんどくさい先生だよなあ……などとブツブツ言いながら、玖島は新たな報告書を作り始めた。いつも銀行員みたいにパリッとしていたワイシャツも今日はいささかクタクタで、何日か帰宅できていない様を物語っている。宝來リンとその母を救えなかったことは、捜査員たちにとって大きな衝撃だった。しかも未《いま》だに容疑者すら確定していない有様なのだ。青目を思わせる犯行ではあったが、物的証拠はない。言葉には出さないものの、玖島も内心は口惜しく、情けない気持ちなのではないか。

その日のうちに連絡を入れ、翌日、鱗田と脇坂は妖琦庵を訪れた。

玄関先に現れたのはマメだ。夷の姿は見えなかった。

予《あらかじ》め沢村咲花の失踪についても知らせてあったので、すんなり客間に通される。だが、やがて現れた主《あるじ》の機嫌はいかんせんよろしくない。

「――で？」

出入り禁止のはずの脇坂を一瞥《いちべつ》し、洗足は座りながら短く発した。挨拶《あいさつ》すら飛ばされたわけだが、それでも客間はちゃんと暖まっている。

「はい。まず、《鵺》の件ですが、捜査本部で情報を共有させていただきました。これ以上伏せておくのはむしろ事態を悪化させるという判断です。事前のお知らせもできず、申し訳ありません」

鱗田は謝罪し、頭を下げた。

「構いませんよ。あれはそもそも、こちらの我が儘《まま》でしたからね。つまり、《鵺》についてあたしに聞いてこいと指示されたわけですか」

「お察しの通りで。……先生、《鵺》なんて妖人《ようじん》は存在するんですかね？」

「いませんね」

「はあ、やっぱり、いませんか」

「いない。が、そう名乗っている者はいますよ。青目が示唆していたように」

「先生」

鱗田は正座している腿《もも》に両手を軽く置き、やや身を低くした。

「教えていただけませんか。《鵺》を名乗る者について」

穏やかに、だが決して引かぬ覚悟で頼みこむ。

洗足は古めかしい火鉢で右手をあぶりながら黙した。火鉢の上には鉄瓶がかかり、口からゆるゆると蒸気を上げている。

　廊下の軋《きし》む音が消え、失礼します、と声がかかった。

　マメがお茶を持ってきてくれたのだ。玄関でも思ったのだが、今日のマメはなんだか元気がない。肩が落ち、笑みもどこかぎこちなく、言葉も少なかった。脇坂もチラチラとマメを見ているので、気になっているのだろう。礼儀正しく頭を下げ、それぞれにお茶を出すと、静かに客間から下がる。

「《鵺》について明確なことは、なにもわかっていません」

　マメがいなくなると、洗足が言う。

「ですから可能性の話しかできませんよ」

「それで結構です。我々としては、少しでも情報が必要でして」

「ではお話ししましょう。……とはいえ、あたしの話はすぐすみます。その前に咲花さんの失踪について教えていただけませんかね」

　鱗田は頷《うなず》き、説明した。

　失踪した夜、咲花はアルバイト先の飲食店で、午後八時過ぎまで勤務していた。ふだんならば九時半には帰宅している。叔父とその妻は、咲花の負った心の傷を心配しているが、だからといって腫《は》れ物に触るような扱いはかえって姪《めい》によくないだろうと、普通に接するよう心がけていたそうだ。

アルバイトや、夜に出歩くことも禁じてはいない。ただし帰宅が十時過ぎる時は必ず連絡するのがルールであり、咲花もそのルールをずっと守ってきたと話していた。

ところが、その夜は零時を回っても連絡が入らない。

叔父からも何度か電話をしたが繋がらなかったそうだ。終電に乗りそびれ、友達の家にでも泊まるのだろうかと、翌朝まで待ってみたが、帰ってこない。咲花の母に起きたことが頭をよぎり、とうとう心配に耐えきれず警察署を訪れたのが、昨日の午前九時過ぎである。

「咲花ちゃんと連絡がつかなくなって、今日で三日目ということですな」

「携帯電話の追跡は？」

「スマホはバイト先のロッカーの中にありました」

「……ロッカー？」

訝《いぶか》しんだ洗足に、鱗田は「ええ、おかしいんです」と答える。

「あの年頃の子はスマホと一心同体ですからなあ。滅多なことで忘れたりはしないでしょうし、忘れたとしてもすぐ取りに行くはずです。あえて置いていったと考えられます。つまり、位置情報システムを使われたくなかった。あるいは……」

洗足の眉間《みけん》の皺《しわ》が深くなるのを見ながら、鱗田は続けた。

「位置情報を使われたくない何者かが、そこに置いて行けと指示したのかも」

「……警察は誘拐と見て捜査を始めたのですね？」

鱗田は茶托《ちゃたく》から茶碗を上げ、冷えた手を温めながら頷く。

「捜査本部が立ち上がったわけではありませんが、一課が動き始めています。なにしろあの子の母親は、青目に拉致《らち》された被害者ですからね。どうしても、青目の影がちらつくわけです」

「だがあなたは、青目ではなく《鵺》が関与していると？」

「さあて、どうなんでしょうな。その名前については、脇坂から話を聞いて以来ずっと気にはなっていました。ですが情報がさっぱりないので、なんの判断も推理もできない。すっかりお手上げで、先生にお縋りしているというわけです」

「……ウロさんはいつもと同じ顔で嘘をつくので、困ったものだ」

洗足がやっと頬を少しだけ緩ませて言った。呆《あき》れ笑いだったのかもしれない。

「嘘？」

「あなたはもう目星をつけてるはずです。《鵺》が誰なのかに」

そう指摘されてしまい、「全く白紙とは言いませんがね」と苦笑いを返す。

「しかし先生、嘘をついてるつもりもないんですよ。長年この仕事をしてきて、あれこれヘマもやらかしながら、決めたことがありましてね……自分の勘に頼らないこと、ですな。そこそこ場数を踏んでくると、そういうもんに頼りたくなる時があります。

現場叩《たた》き上げの自分には特別な勘が備わっていると、意味のない自信を持っちまいそうになる。けどまあ、そんなのは気のせい、妄想です。今も、確かに私はある人物を思い浮べてます。そいつが《鵺》だろうという考えがないわけじゃない。けど、そこにはなんの裏付けもありません。口に出せる段階ではないと思っているんです」

「なるほど」

洗足は呟《つぶや》くように言うと、湯吞《ゆの》みを手にしてお茶を飲んだ。喉《のど》を潤したあと、今まで一切見なかった方向……つまり、脇坂へと視線をやる。見られた脇坂の身体が、瞬時に緊張するのが鱗田にも伝わった。

「脇坂くん」

「は、はい」

「あたしは以前きみに言いましたね？《鵺》のことは知らないと」

「はい」

「だがきみは疑っていた。あたしは嘘は言ってないんですよ。事実、知らない。それは正体不明なんです。わからないもの、明らかでないものを下手に語れば、むしろ危険だとその時も言ったはずです。覚えていますか？」

「覚えています……でも……でも、先生、今さっき仰《おっしゃ》いましたよね？　鱗田は鵺が誰なのか目星をつけているはずだと」

「言ったね」

「ならば、正体不明ではなく、ちゃんと実体があるはずです」

今日の脇坂はなかなか頑張っている。玖島の言葉が効いたのだろうか。

「教えて下さい。《鵺》とは、いったい何者なんですか？　いえ、実のところ、僕も目星はついているんです。あの男、木村、リンちゃんの側にいつもいた男……彼なんじゃないでしょうか？　あの人だけが、事件後しばらく連絡が取れなかったんです。まるで雲隠れしていたように。その後すぐに居所は判明しましたが、山奥で隠遁《いんとん》生活をしていました。なにか不自然だと思い、僕は会いに行ったんです」

「……会いに？」

「ええ、香川の山奥まで。青目のメッセージはこうでした。気をつけろ、麒麟《きりん》のとなりに鵺がいる。麒麟がリンちゃんを示しているなら、その一番近くにいたのは……」

と、振動音が鱗田の背広のポケットから響いた。

玖島からだ。失敬、と断りを入れてから電話に出る。

「もしもし」

『ウロさん。なんだか厄介な展開ですよ』

玖島の声には焦燥が感じられた。

「どうしました」

『亡くなったそうです、木村さん』

その言葉に、鱗田は眉《まゆ》をひそめる。

『たった今常磐から連絡がありました。なにしろ山奥の寺なので、まだ現地にはついてないんですが、最寄の空港から電話を……木村さんが身を寄せている寺に電話を入れたそうです。ご住職が出たんですが、慌てた様子で……崖《がけ》からの転落死らしい。まったく、なんてことだ……。ああ、常磐はそのまま現地に行かせます。遺体の顔に損傷がなければ、確認は出来ますから』

鱗田は溜息《ためいき》を押し殺し、了解した旨を伝えて通話を終えた。

「木村さんの訃報《ふほう》ですか？」

聞いたのは洗足だ。この場で電話していたとはいえ、鱗田は木村という名前を一切出していない。それでもすぐに察したらしい。さほど驚いた様子はなく、むしろ狼狽《うろた》えたのは脇坂だった。

「な……なにがあったんですか？」

「木村さんは崖から落ちたようです。常磐が向かっています」

洗足と脇坂、両者に向けて鱗田は言った。

さらに洗足には、脇坂の提案により、常磐が木村に会いに行っている途中だった説明も加えておく。

「つまり、脇坂くんは、山寺に身を寄せた木村さんは、『麒麟の光』にいた木村さんと別人ではないかと疑ったわけですね」

洗足に聞かれ、「は、はい。そうです」と脇坂は答えた。

「そして、実際に木村さんの顔をしっかり覚えている常磐くんが確認をしに行くことになり、その到着を待たずして、亡くなった、と」

「そういうことに……なります……」

脇坂は呆然《ぼうぜん》としていた。

よくない。非常にまずい。木村が亡くなったということも無論だが、なによりタイミングが最悪だ。木村が偽者である可能性を、脇坂が口にしたのが昨日。常磐が現地に出かけたのは今朝。早すぎる。あまりに、早すぎるのだ。

「——これが嫌だったんですよ」

この人にしては珍しく、くぐもった声で洗足が言った。その言葉の意味を、鱗田はすぐ理解したが、脇坂は摑《つか》めなかったようだ。

「先生……?」

「警察が動けばこういうことになる。死ななくていい人が死ぬ。だから《鵺》について伏せてほしいとお願いしたんです。だが確かに、いつまでも伏せているのは無理があった。ウロさんを責める気は毛頭ありませんがね。それにしても早すぎます」

鱗田も同感である。無言のまま頷《うなず》くしかできない。

「先生、おっしゃることがわかりません。警察が動けば死人が出るというのですか？　崖から落ちた木村さんは、誰かに殺されたとでも？　それが《鵺》だと？」

一方で、脇坂は洗足に食い下がった。この男にしては、ずいぶん早口だ。

「落ち着きなさい、脇坂くん」

「落ち着いていられません！　また人が死んだんです！」

「それでも落ち着きなさい。落ち着かなければもっと死ぬ」

やや強い調子で洗足に言われ、脇坂はやっと黙った。居ずまいを正し「すみませんでした」と謝るが、まだ声は上擦っていた。温《ぬる》くなっていたお茶を一気に飲むと、呼吸を整えて「先生」と改めて洗足と対峙《たいじ》する。

「僕の推測は……『麒麟の光』でリンちゃんを洗脳していたのは木村さんだという推測は、間違っているのでしょうか？」

「間違ってないだろうね。リンちゃんをあそこまで洗脳するためには、日頃から身近にいる必要がある」

「事件後の聴取で、木村さんには明確なアリバイがあるとわかりました。でも、だからこそ、僕はその木村さんは別人ではないかと考えたんです。これから常磐が顔を確認すれば、それははっきりすると思います」

「常磐くんがどう判断したとしても、別人だ」

「では、事故ではなく、口封じのために殺されたと？」

「そういうことになるだろうが、実行犯を捜しても無駄だろう。山狩りをしたところで誰も見つからないはずだ」

「犯人はすでに、遠くに逃げたということですか」

「いいや。その場にいなくても人は殺せるということだよ。偽の木村さんを演じていた人は……いや、そちらがそもそもの……とにかく、《鵺》ではないその人は、自分で崖から飛び降りたのかもしれない」

つまり自殺、ということか。

「警察が再び確認に来た時には、そうするように指示されていたんだろう。命令、契約、脅し……どんな方法にしろ、人を自殺するしかない状況に追い込むことは可能だ。それを得意とする者もいる」

「それが――《鵺》なんですね」

脇坂の問いに、洗足は無言だった。しかし否定もしない。

「《鵺》は木村だった……くそう……今回ばかりは、判断を間違えました。僕たち警察は、もっと早く動くべきだったんです」

抑えきれない悔しさを溢《あふ》れさせ、脇坂は訴える。

「たとえ先生のお願いであっても、《鵺》について伏せておいたのは間違いでした……！僕がウロさんを説得すべきだった。情報を早く共有し、組織で動けていたら、木村のことだってもっと早く……」

「《鵺》は木村ではありませんよ」

憤る脇坂とは対照的に、あくまで淡々と洗足が言う。

「『麒麟の光』でリンちゃんを洗脳していたのが《鵺》である可能性は高い。けれど、《鵺》が木村なわけではないんです。木村という名は一時的に使っていただけにすぎない。《鵺》にはね、名前などないんです」

「名前が……ない？」

「戸籍があるかどうかも怪しい。仮にあったとしても、書類上は死亡になっているだろうね。一方、崖から落ちて亡くなったとされている木村さんは、おそらくもともと木村という名と戸籍を持ち、身元を調べれば『麒麟の光』に在籍したという記録もちゃんと出るはずだ」

「でも、顔は違います。常磐が確認すれば、別人だとわかるはずです……！」

「顔もある程度は似てるはずです。というか、似せることができる。整形、入れ歯、体重のコントロール、特殊メイク……方法はいくらでもあります。ホクロや痣《あざ》などの特徴を使えば、さらに人は騙《だま》しやすくなる。並べて比べることはできないのだから。

しかも、表情のない遺体で、崖から落ちたなら損傷しているかもしれない」

「………そ」

それじゃ、どうしたらいいのか……脇坂が言いたかったセリフはそんなところだろうか。鱗田も今、似たような心もちである。

「要するに、《鵺》には顔すらないんです」

名もない。顔もない。

ああ、なるほど、だからヌエなのだなと鱗田は思った。

鳴き声だけが不気味に響き渡る鳥――けれど姿は見えないのだ。そいつに、完璧《かんぺき》に先手を打たれてしまっている。リンの世話係だった木村こそが、母子《おやこ》を殺した犯人だと主張しても、その容疑者は死んでしまったのだ。死んだのは別人だと主張したところで、書類上はまさしくその人物が木村であり、それを覆す物証は一切ない。

「脇坂くん。きみは判断を間違えたと言ったね。もっと早く動くべきだったと」

「はい……」

「この現状を踏まえてなお、そう思うんだったら、きみはあたしが思っていたより、さらに愚かな男だ」

「し、しかし、我々がもっと早く動けば、身替わりの木村さんは死ななくてすんだかもしれません！」

「本気かい？　きみの視野狭窄《きょうさく》ぶりにはほとほと嫌気がさすよ。なら聞くが、身替わりの木村さんはどうして殺された？」

「だからそれは……口封じです。彼が身替わりだとわかれば、《鵺》にとって都合が悪いからです」

「そう、木村さんの存在は、真犯人にとって都合の悪いものだった。アリバイを保証する身替わりとして、一時的には必要だったけれど、その後はもう懸念の種でしかない。ならばさっさと殺してしまうのが一番いいんだよ。真犯人に手抜かりはなく、いつでも殺される仕掛けもできていたはずだ。なのに、昨日まで木村さんは生きていた。リンちゃんの事件から何ヶ月が過ぎている？　どうして今日になって、木村さんは死ななければならなかった？」

「それは………」

脇坂は視線を畳に落とし、ほんの数秒考えていた。そして答えを得た時、青ざめた頬がヒクリと引き攣《つ》る。やっと気がついたらしい。鱗田もとうとう堪《こら》えきれず、大きな溜息《ためいき》をついてしまった。

まったく、失態もいいところだ。

「警察が動いたから、殺されたんですよ」

洗足が、厳しい現実を言葉にして突きつける。

「だから《鵺》について伏せておく必要があったんです。ウロさんはあたしの真意を察し、それを受け入れてくれた。ところが咲花さんまでいなくなり、もう限界だと判断して、捜査一課と情報を共有した。さっきも言いましたがね、ウロさんを責める気はない。ウロさんにしても、こうも近くに潜んでいるとは思わなかったんでしょう。

……あたしもです」

「近くに潜んでって……《鵺》、がですか……？」

おずおずと尋ねた脇坂に「違うよ」と答えたのは鱗田だ。口にするのも情けない現実だが、はっきり言っておかなければならない。

「犬がいる」

「え」

「《鵺》に情報が流出してるんだよ。しかも、俺らのすぐ近くにいる。でなきゃこうも短時間で、常磐が木村さんに会いに行ったと知られるはずがないだろ」

脇坂はもはや言葉もない。

鱗田の経験上、仲間内に犬が入り込んでいることは今までもあった。組織がある程度大きくなれば、全員が信用できるわけではないのだ。しかしまだ刑事としての経験が浅い脇坂には、裏切り者が身近にいるという現実は受け入れ難いのかもしれない。

「……ならば……そのスパイを捜し、そこから《鵺》に繋《つな》がる線を……」

なんとか言葉を紡ごうとする脇坂だったが、「いい方法とは思えませんね」と洗足に突き返される。

「《鵺》の犬が、《鵺》の正体を知っている保証はない。いや、十中八九、知らないでしょう。だが《鵺》は犬をよく知っている。万一、犬が《鵺》を裏切ることがあったら、殺せばいい。今回のようにね」

「それじゃもう……お手上げじゃないですか……！」

バシッと、と強い音がした。脇坂が両手のひらを畳に打ちつけたのだ。自分の無力感に苛《さいな》まれ、礼儀を忘れてしまっている。

「顔も名前も分からない。戸籍すらないかもしれない。まったくの正体不明……そんな奴、どうやって捕まえればいいんです⁉　前の事件から関わってるんだとしたら、あ、あいつはいったい何人殺して、いや、ほかにも山ほど余罪があるはずだ！　ひろむさんの事故だって、きっと《鵺》が……！」

「五月蠅《うるさ》いよ」

鱗田まで凍りそうになるほど、冷たい声が脇坂を詰《なじ》った。

「それでも警察官かい、みっともない。怒鳴ればなにか解決するとでも思っているんですか、きみは」

「……っ」

「感情的になれば相手の思うつぼだ。どんなに悔しかろうと、はらわたが煮えくりかえっていようと、それをやり過ごす冷静さを学びなさい。ウロさんのように」

おっと、と鱗田は背中を少し伸ばした。

洗足の言葉は賛辞にも聞こえるが、実のところ布石を打たれたにすぎない。これから起きるであろう、より恐ろしい事態に遭遇しても……決して乱れてくれるな。そう釘《くぎ》を刺されたようなものだ。それがわかるので苦笑するしかないが、横で見ている脇坂には余裕の笑みに映ったかもしれなかった。

「……すみませんでした……」

脇坂が取り乱したことを謝罪し、自分が叩《たた》いた畳を、詫《わ》びるように丁寧に撫《な》でる。前髪に手をやり、整えることも忘れなかった。

「では話を戻して、最初の質問にお答えしましょう。《鵺》は何者なのか」

「……え、でも……」

脇坂が戸惑った。

つい今さっき、名前も顔も分からない正体不明者だと結論づけたばかりなのだから、無理もない。だが鱗田は、洗足が指摘していたように「目星がついている」ので、この展開は予想できた。

それでも実際に言葉にされれば……自分もきっと、動揺するのだろう。

せめて、それを態度に出さない努力をするだけだ。

覚悟を決めて、鱗田は洗足を見る。この男はどんな顔で、その言葉を口にするのだろう。想像も及ばない。おそらく当人も、どんな顔をして言えばいいのかわかっていないのではないか。

「父です」

洗足は言った。

脇坂は反応しない。できない。

「あたしと青目の、父親です」

ああ、ほら、いつもと同じ顔だ。

凪《な》いだ海のようなフラットさ。

動かない海面の下が、どれほど荒れ狂っていようと――。

目が合う。

ならば鱗田も、いつも通りに苦笑するしかないのだった。

十

雪になりそうだ。

玄関先で鈍色《にびいろ》の雲を見上げながら伊織は思った。傘を持っていくべきだろうか。小雪程度ならば必要ないかもしれない。この鳶《とんび》コートに、撥水《はっすい》スプレーをかけたのはいつだったろう。なんでも家令任せにしていると、こんな時困ることになる。

まあ、いい。雨だろうが雪だろうが、多少濡《ぬ》れようが寒かろうが――そもそも、生きて帰って来られるかどうかもよくわからない。殺されることはないと思うのだが、絶対とは言い切れなかった。伊織はあまりにも、あの男のことを知らないのだ。

それにしても寒い。

さすがに履物はブーツを選んだのだが、それでも足裏にくっきりとした冷たさを感じる。中敷きはどこにやったか。これも芳彦でなければわからない。

家令はまだ入院している。

「行くのですか」

庭から回ってきたマメに聞かれ「行くよ」と答えた。

マメに父のことを話したのは昨日、鱗田と脇坂が訪れる数時間前だ。可哀想に、ひどくショックを受けていた。ついこのあいだ、沢村咲花の件でもずいぶん落ち込んでいたし、できれば聞かせたくなかったが……隠し続けるのも限界だ。マメの笑顔がめっきり減ってしまった。優しい子なので、どうしても考えてしまうのだろう。兄も父も犯罪者である伊織の人生について、想像してしまうのだ。

「夷さん、怒ってませんでしたか」

先刻病院に電話を入れ、あの男に会うと伝えた。

「たいそうおかんむりだね。どっちにしても、肋骨《ろっこつ》が四本折れて肝臓損傷、一時は命も危なかった《管狐》じゃ、護衛にはならないでしょうよ。それに」

ひとりで来るようにと、指示されている。指示を無視すれば、咲花に危害が及ぶことも考えられる。

「ひとつだけお聞きしていいですか」

「なんだい」

「先生は、どうされたいんでしょうか」

「もう少し具体的に聞いてくれるかい」

「《鵺》が死ねばいいと、お思いですか？」

伊織は「ああ、トウ」と微笑《ほほえ》んだ。質問の内容で気がついたわけではない。声の僅《わず》かなトーンが違うのだ。

「そう。俺」

「最近はちょくちょく出てくるようだね」

「うん。でも少しあいつが残ったままなんだ。今も怒ってるよ、あいつ。先生に失礼なことを聞くなって」

「構わないよ。答えよう。父については、どうでもいいんだ。死んでいようと生きていようと、さほど興味はなかった。今まではね」

「今は違うの」

「社会の害悪になるなら、対処しなければならない」

「それって警察の仕事で、先生の仕事じゃないでしょ」

「利口な子だね。その通りだ」

「でも行くんだ」

「ああ」

頷《うなず》いてトウの頬に触れると、柔らかくて温かい。それだけ自分の手が冷たいのだとわかる。

「……ちゃんと帰ってくる？」

「もちろん」

「なら、いってらっしゃい」

トウに見送られて、妖琦庵をあとにする。静かな冬の暮れ時だ。どこかの寺の鐘が鳴っている。

――咲花ちゃん、おうちで待ってるって。ひとりで来てって。

届いたのはそんなメッセージだった。

電話ではない。メールやSNSでもない。突然小さな子供が庭に紛れ込んできて、伊織を見つけるとそう言い、あっという間に消えた。近隣の子なのかそうでないのかすらわからない。もしかしたら、その時《鵺》はすぐ近くにいたのかもしれなかった。

おうち、がどこを意味しているのかは明白だ。

かつての沢村家はすでに手放されていた。

父親の入院費と、子供たちの学費のためだったらしい。家族にとっては思い出深い家だが、同時につらい記憶の場所でもある。咲花の母は、自宅の居間で亡くなっていたのだ。いまだ買い手はつかず、現在は不動産屋の管理の下にある。

誘拐犯の――《鵺》の目的は何なのか。

金ではない。売名行為でもない。楽しいからやっている、という一種の快楽犯罪である可能性は否めないが、今回に限ってはもう少し違う目的があるように思う。

適切な表現ではないだろうが……操《くすぐ》っているようなものなのだ。操って、反応を窺《うかが》っている。

伊織がどう動くか見ている。

相手の反応を見るための犯罪という点では、青目によく似ている。……否、青目が《鵺》に似ているのだ。おそらく、弟の持つ犯罪スキルのほとんどは、父親から教わったものだろう。洗足家から離れたのち、父親とともにいた時間がある程度……数年間はあったと思われる。

殺す、騙《だま》す、利用する——教え方がうまかったか、弟に素質があったのか……いずれにしても、狡猾《こうかつ》な殺人者が出来上がった。

青目は伊織を強く欲し、こっちを見ろと叫ぶように犯罪を重ねてきた。

それに比べれば、《鵺》は操りだ。本気を出してはいないし、そもそも本気などないのかもしれない。自分を操るその不快な手を、激しく打ち払うのか。あるいは走って逃げるのか。でなければ黙って耐え、見ないふりを貫くか……。伊織が選んだのは、最後のものに近い。できれば完全に無視したかったが、巻き込まれる人々がいれば、そうもいかない。だから最低限の対処に止《とど》まった。

つまらない、と思わせたかった。

こっちの息子はつまらない奴だ、と。

興味をなくしてほしかった。無視されたかった。つまらないから殺す、というのならそれでもよかった。伊織ひとりが殺されてすむならば、いっそ楽だった。

だがそのジャッジは下らなかったらしい。だからこうして呼び出されている。

青目の被害者遺族として、伊織に謎解きを仕掛け、揺さぶりをかける——その役割を終えた以上、三人は解放されるだろう、伊織はそう予測していた。無闇に殺せば、目立ちすぎる。すでに警察も事態を把握し始めている状況ならば、狡猾な《鵺》は下手に動くまいと踏んだのだ。

残念ながらその読みは甘かったようだ。少なくとも、咲花に関しては。

こんなことならば、咲花に警察の護衛をつけておくべきだったか？　だがその護衛者が《鵺》の手の者だったなら？　こうやって疑い出すと、きりがない。いずれにせよ、圧倒的にこちらが不利なのだ。

日は既に落ちた。

元沢村家は冷たい闇に沈んでいる。

静かだ。警察の張り込みがあってもおかしくない場所なのだが——伊織が到着した時にはそれらしき気配はなかった。警察に別の餌が撒《ま》かれたのかもしれない。だとしたら、捜査員のほとんどは疑似餌《え》に集《たか》っていることだろう。そばの電柱には監視カメラが設置されているが、角度がおかしい。あれでは玄関が撮影範囲から外れてしまう。

要するに、抜かりはないということだ。

玄関ドアを開ける。

施錠されていなかった。伊織は心の中で謝罪しながら、ブーツのまま屋内へと入る。なにが起きるかわからない状況で、暢気《のんき》に靴を脱げるはずもない。送電は止まっているのだろう、屋内は暗かったが、低い位置のところどころに小さな灯《あか》りがある。

蠟燭《ろうそく》だ。

廊下に点々と、誘うように炎が揺れている。

灯りに沿って進むと、リビングルームに出た。

蠟燭が増え、中の様子がわかる。家財はほとんどなく、置き忘れたような段ボール箱がいくつか壁ぎわに積まれていた。天井は高く、梁《はり》を見せる洒落《しゃれ》たデザインだ。少し古めかしいペンダントライトが、忘れ物のようにさみしく下がっている。かつては居心地のいいリビングルームだったのだろう。床は蠟燭だらけで、宗教儀式さながらである。蠟燭を倒さないよう進むのに難儀する。リビングはキッチンと繋《つな》がっており、仕切りのカウンターがあった。その上にもずらずらと蠟燭が並び——一枚のポートレートを照らしていた。花まで飾られていて、祭壇めいている。

少し照れたように、笑う顔。

優しい母親の顔。

沢村穂花だ。なんの罪もなく、なんの落ち度もなく、ただ事件に巻き込まれ、利用されてしまった人……。

「み……耳、を」

伊織は声の方向を見ることなく、しばらくその写真を見つめていた。

「耳を、ちょうだい」

ゆっくりと、顔を向ける。

震え声の主が……咲花が立っている。

惑うように揺れる蠟燭の灯りで、表情が見て取れた。追い詰められ、怯《おび》えたその顔——笑っていれば、母親によく似ているはずだ。咲花は伊織から四メートルほど離れ、通りに面した窓に近い場所にいた。身体はどこも拘束されていない。窓には遮光カーテンが引かれているので、灯りは外から見えないだろう。

「咲花さん」

静かに声を掛けると、また「みみ」と言う。

「ど……どっちかで、いいから」

「耳、ですか。そうでしょうね。きっとそうだろうと思っていました」

木根は腕。田鶴は指。

ならば当然、咲花は耳を要求するのだろうと。

「あなたのお母さんは、青目に耳を噛《か》みちぎられた。その恐怖がどれほどのものだったか……想像すら及びません。しかも、あの男は捕まっていない。お母さんは心を病み、自ら命を絶ち、あなたがた家族は散り散りになってしまった。だからあなたは、あたしの耳をよこせと言う……弟の償いをしろ、と」

「そ、そこにナイフがある。花の下」

咲花は、祭壇のように飾られたカウンターを指さして言った。伊織が血のように赤いバラをどけると、確かにナイフが置いてあった。

「それで、切って」

「言われなくても承知でしょうが、こんなことをしてもお母さんは戻りません」

「いいから切って！」

懇願に近い、叫びだった。伊織はナイフを手にしながら「あたしが不思議なのは」と言葉を続ける。

「なぜ今なのか、です。あなたが耳を欲しがるであろうことはわかっていました。わかっていたので、茶会の前に刃物を出してもらったんです。あなたが切りかかって来た場合、狭い茶室では、他の人に害が及ぶ可能性がありますからね。あなたはナイフを取り上げられましたが、あたしを糾弾することはできたはずなんです。その耳をよこせとあの茶室で言えたはずだった。なのに、なぜそうしなかったのか……」

「……だって……もう……全部、ばれてて……こんなのもう無理だって思って……」

「諦《あきら》めたということですね？」

手にしたナイフを眺めながら伊織は言った。折りたたんでいるそれを広げると、よく切れそうな刃が煌《きら》めく。

「あの時あなたは、いったん復讐《ふくしゅう》を諦めた。あるいは、あたしの話を聞き、こんな考えが頭をかすめたのかもしれません。よく考えてみればおかしい、と。復讐の代行をするから、耳をもらってこいなどと言い出す人物は、どうかしているのではないか？　この理性的な判断は、おそらくあなたが薬を止めたことも関係している」

「薬……」

「ええ。あたしはあなたの腕を見ました。確かに注射の痕《あと》はありましたが、最近のものではなかった。少なくとも数日は使っていなかったはずだ。あなたはとても頭のいい子だ。あまりにも効きすぎるその薬が危険だと思い、使用を控えていたのでは？」

「…………」

「賢明な判断です。木根さんは薬物中毒で隔離病棟ですからね。あの茶席であたしの話を聞いたあなたは、もう手を引こうと考えたはずです。そうしてもらいたくてあの席に集まっていただきましたしね。ところがあなたは今こうして、あたしに耳を切らせようとしている。どうしてまた気が変わってしまったのでしょう？」

「……その理由を話すと思う？」

「いいえ。難しいでしょう」

伊織は長い前髪を耳にかけながら言った。顕《あら》わになった目の傷に、咲花がぎくりと動揺するのがわかる。

「こっちでいいですか？」

「え……」

「逆の耳がないと、ちょっと目立つんですよ。……これはやっぱり、上から刃を入れるべきかな……力が入りやすいほうが……おっと」

「え、あ……あ、待って！」

たらり、と流れる血が伊織の頬を濡《ぬ》らす。

「この角度は、だめらしい」

ナイフの角度がうまくいかず、耳から少し外れた場所を切ってしまったのだ。自分で自分の耳を切るのはなかなか難しい。伊織がなんのためらいもなく、当然のように耳を切ろうとしている様子に、咲花のほうが狼狽《ろうばい》している。

「いいんですよ」

伊織は微笑《ほほえ》み、ナイフの血を袖《そで》で拭《ふ》いた。次はしっかりと角度を決め、一気に力を入れなければならない。

「どういう状況になってるのかはわかりませんが、とにかくあなたは今夜、あたしの耳を必要としている。ならば差し上げましょう」

「ま、待っ……」

「大丈夫、止血方法は予習してきました」

「やめて！　いや！　だめ、やっぱりだめ、こんなの……！」

咲花が動く。

伊織を止めようと、前のめりに駆け出す。

刹那《せつな》、なにかピンと張った糸のようなものが見えた。テグス？　恐らくは咲花の足首あたりから壁方向に向かって……。

音がした。

あまり聞き覚えのない、なにかの発射音のような音だった。銃声ではない。

咲花が身体を傾けて固まっている。

呆然《ぼうぜん》とした顔が、自分の腹部を見た。そこになにか突き刺さっていると知り、泣きそうに歪《ゆが》む。ぎくしゃくと、身体が沈む。伊織は駆け寄り、膝《ひざ》を突いて彼女を支えた。

蠟燭がいくつか倒れたが、そのほとんどは消えた。

「ご……」

「喋《しゃべ》ってはいけない」

伊織は彼女の脇腹を確認する。矢だ。おそらくはクロスボウ。彼女が動くと、発射されるように仕掛けられていたのだ。仕掛け本体は、おそらく段ボール箱のどこかに隠されている。

「ごめんなさ……」

「きみはなにも悪くない」

「悪……ママが……知ったら……きっと怒……」

怒ったりしない。

きみのお母さんはちゃんとわかってる。

きみがどれだけ家族を愛し、大事にしていたのかを。

そう言ってやりたかったのに、咲花は意識を失ってしまった。矢になにか塗られていたのか？　出血はさほど多くないようだが、一刻も早く病院に運ぶ必要がある。伊織が咲花を抱え上げようと、ぐったりした身体に腕を回した時、

『優しいなあ』

声が、降ってきた。

『氏《うじ》より育ちってやつなのかな。僕の息子とは思えない』

スピーカーを介した音色だった。伊織は咲花をしっかり抱えたまま、天井を確認する。スピーカーが二箇所に設置されているのがわかる。カメラもどこかにあるはずだ。

『それとも、母親の血が濃いのかな。《サトリ》の力も引き継いでいるようだし。どう思う？　……さあ、我が息子、なにか話してくれよ。久しぶりじゃないか』

「――お会いしたことがありますかね？」

アハハッ、と苛《いら》つくほど屈託のない嗤《わら》い声が響いた。

『父にかける初めての言葉がそれかい。まあ、でも無理もないかな。会っているというより、僕が一方的に見ただけだった。きみはまだ可愛い子供で……いや、いくつになったって、僕にとっては可愛い息子だけど』

「冗談はそのへんにしましょうか。この子を病院に連れていきたい」

『だろうね。でもまだ動かないほうがいい。次の仕掛けが発動するかもしれないよ。一射目のほかは、どのへんに仕掛けたか、よく覚えていないんだ。そのへん、わりとルーズなのが僕の欠点だね。ほら、もう少し親子の会話を続けようじゃないか』

親子の会話、ときた。

虫酸《むしず》が走るという言葉はこういう時に使うのだろう。伊織はそう思いながらも動くことができなかった。段ボール箱は不規則に壁沿いに並び、積み重なっている。すべてを避けられるルートが見つからない。

『そうだ。ひとつ聞いてもいいかな。本当に耳を切るつもりだった？』

「ええ」

『本当に？　疑わしいなあ。そんなことをしてもなんの解決にもならないとわかっていたはずだろ？　きみはとても賢い。僕の息子だから当然賢い。こんな風に呼び出されることも予測してたはずだし、僕が現場に現れず、離れた安全圏から見物することも予測してたんじゃないか？』

「してましたね」

『そこまで考えられるなら、耳を切るのもポーズだったんだろう？　咲花ちゃんは僕の言いつけ通りに注射をしていなかったみたいだし……思っていたより真っ当で、つまらない子だったな。だから目の前で、きみが自分のために耳を削《そ》ぎ落とすところを見るのが耐えられなかった。で、きみは彼女が耐えられないことを予見できていた。だから切る素振りで、まあちょっとくらい血を出して、そしたら彼女は絶対に止めるって読んでいたんじゃないのか？』

「その可能性も考えていましたよ。でも、止めたくても止められないという拮抗《きっこう》状態も十分あり得ると思っていました。べつにどちらでもよかったんです」

『どういう意味？』

「耳を切って、彼女だけでも逃げ出せるなら、それでよかった」

『ふふふ。しれっと言うねえ。いいねえ。じゃあ今僕が耳を切ってよこせと言ったらそうするのかな。きみの耳と引き換えに、その子を外にだしてあげると言ったら？』

「ええ。切りましょう」

伊織はそっと咲花を横たえ、床に転がっていたナイフに手を伸ばした。そして今度こそきっちりと耳の付け根に刃を当て、食い込ませる。

『ちょっと待てって！　せっかちな子だな！』

刃が食い込んだところでストップがかかる。ナイフを外すと、さっきより多い血が流れ始め、顎《あご》から滴り落ちた。それでも一センチも切れていないだろう。

確かに伊織は焦っていた。早く咲花を病院に連れて行きたいのだ。

『耳なんか切ったら、痛くてまともに会話できないじゃないか。僕はこの瞬間をすごく楽しみにしていたんだ。もっときみのことを教えてくれ』

「青目から聞いているでしょう？」

『昔はね。今はもう、別行動なんだよ。それに、あの子はブラコンだからだめだよ、お兄ちゃん絶対主義なんだ。だからきみについては、僕なりに調べさせてもらったさ。わが長男の特徴を教えてあげようか。他人には優しくて、自分への扱いはだいぶ粗雑だ。そうやって簡単に耳を切ろうとするほど。どうしてそんな人間になっちゃったんだろうね。愛されて育った人間は、自分のことを大切にするもんだよ？　きみの母親は、息子を愛し、大切に育てたんだろう？』

「あなたに母について語ってほしくないですね」

『あ、少し怒ったね。確かに僕はいい夫にはなれなかった。彼女がきみを身ごもっていたことも知らなかったし。でも、いい父親になろうって気持ちがないわけじゃなかったんだよ。教育には興味があった。すごくあった。僕は僕の理解者が欲しいんだ。だからいろんな場所に行き、いろんな人に会ったけど……なかなか現れない。でも、血を分けた息子なら、僕の理解者になる可能性は高いはずだよね。僕の遺伝子を半分受け継いでいるんだから。もちろん僕の遺伝情報は、母親側の遺伝情報と混ざってシャッフルされてしまうから、息子は僕のコピーではない。ただその点は教育が補ってくれるはずだ。知ってるだろうけど、僕はたいした教育者なんだよ』

「教育と洗脳は違います」

『そうかな？　目的と内容の濃さが違うだけで、共通点は山ほどある』

「教育とは、人が共同体の中でよりよく生きる術《すべ》を教えるものであり、洗脳は人を都合のいいように改造すること……まったく違う。目的が違ったらそれは別物です」

こんなことを言っても無駄だとわかっていた。けれど八方塞《ふさ》がりの今、伊織は時間を稼ぐ必要があった。指示通りにひとりで来たものの、もしも自分になにかあった場合……咲花だけでも救い出す保険、それが来てくれるまでは。

『なるほど！　きみの説明はわかりやすいね。英雄とは戦争で敵をたくさん殺す者だし、犯罪者とは私怨《しえん》で人を殺す者、みたいなことか！』

はしゃぐような声が、ひどく癇《かん》に障る。たぶん相手はわざとそうしている。

『でも僕に言わせれば、両方殺人という行為なんだよ。変わりない。同じだ。つまり違っているのは、僕ときみの視点なんだな。まあ教育でも洗脳でもいいんだ。僕はそれをクリエイティブな作業だと定義している。楽しいし、やりがいがあるね。今回の三人は急拵《きゅうごしら》えだったから、出来はイマイチだ。それでもこうやって、きみと話す目的は果たせているからそう悪くなかった。もっと時間と手間を掛ければ、なかなかの傑作が生まれることもある。……誰のことだかわかるだろ？』

傑作、か。

伊織は内心で嗤った。つまりこの男は、青目を自分の作品だと思っている。ある意味、青目の母親より始末が悪い。

『……おや、警察が近づいてるな。悪い子だ、時間差で通報させたね？　もっと色々話したかったのに残念だなあ。ま、こっちとしても想定内だけどね。それじゃ最後に、ちょっとしたゲームをしよう。おっと、合図まで動かないように。大丈夫、僕はべつにきみたちを殺したいわけじゃない。絶対死ぬんじゃゃ、ゲームにならないからね。でも難易度はやや高めかも。楽しんで。それじゃあ始めようか。よーい』

ドン、と続くはずの声は聞き取れなかった。

大きな破裂音が何箇所かで同時に起こったからだ。

段ボール箱の中に仕掛けられたなにか——可燃性物質を閉じ込めておいた容器が破裂したのだろう。さらに、テグスによって操作されたいくつかの段ボール箱が崩れ、液体が流れ出てくる。

この臭いは灯油だ。

伊織はコートを脱ぎ、咲花を包んだ。見る見るうちに、リビングが火の海になる。身体を低くし、煙を吸わないよう最低限の呼吸で、脱出経路を目で探す。クロスボウを気にしている余裕はない。ほとんどの段ボール箱が崩れたし、ブラフだったのかもしれない。

火の道が途切れるのはどこだ？　伊織が入ってきた玄関への経路は絶望的だった。だが窓のカーテンにはまだ炎が移っていない。難燃性の布なのだ。

咲花を抱えたまま、這《は》うように進む。

カーテンの内側に入り込み、手探りでクレセント錠を探した。すぐに見つかって、解錠したのに——窓が開かない。

「……っ、げほっ……」

咲花が咳《せき》込んだ。煙がどんどん流れてくる。伊織は何度も力を込めて窓を開けようとしたが徒労に終わる。二重ロックなのだろうか、サッシを探るが、それらしきものはなかった。

ならば外から鍵《かぎ》がかけられているのだ。もちろんあの男によって。

一度咲花を置いて、伊織は立ち上がる。

途端に煙が襲いかかってくる。息を止め、窓を破るための道具がないか必死に探す。だが家財は一切なく、他の部屋に探しに行くことも不可能だ。

ならば、身体を使うしかない。

裾《すそ》をさばいて、ガラスに膝蹴《ひざげ》りを入れる。芳彦ならば一撃ですむだろうが、そう簡単ではなかった。酸素が足りず、満身の力を込めるのが難しい。

自分の非力を呪いながら、伊織は何度も膝をガラスに打ちつけた。ガラスに散った赤は、耳からの出血だろう。耳も膝も、痛みは感じない。そんな余裕はない。

ガラス戸は強く振動するが、なかなか割れてくれない。

咲花がまた咳込む。

炎が迫っている。

「下がってくださいッ！」

窓の外から聞こえてきたのは、よく知っている声だった。

伊織は咲花を抱え、できるだけ炎と煙が少ない場所に避《よ》ける。そのまま伏せ、咲花の頭部を守るように覆った。

窓の破られる音と共に、ガラスの礫《つぶて》がいくつも降りかかる。

酸素が流れてきて、炎がゴォと大きくなる音がした。

「先生！」

声の方向に咲花を差しだした。煙で目がひどく痛むし、声を出すのも難しい。咲花は引き渡され、少し離れたところから「腹部、気をつけろ！　担架！」と怒鳴る声も聞き取れた。消防車のサイレンも近づいている。

「先生、出ます。立って！」

痛む膝でなんとか立つが、まだ目は開けられない。なにも見えないまま両手を伸ばすと、右も左もしっかり握られて「大丈夫、ここにいます」と言われた。なんだい、脇坂くん、ちょっとしたヒーローみたいな登場じゃないか……そんな軽口を叩《たた》ける余裕も、当然ながらなかった。

「摑《つか》まってください。段差があるので気を……」

言葉が止まる。

誰かが叫んだ。

脇坂ッ！――と。

おそらく鱗田の声だったと思うが、自信がない。あそこまで差し迫り、焦る鱗田の声など、聞いたことがなかったからだ。

脇坂が乱暴にぶつかってきた。

伊織は倒れる。もろともに。

重い。

そして熱い。

すぐ近くで何かが燃えている。なんとか目を開けると、痛みのためにボロボロと涙が流れ、周囲がろくに視認できない。脇坂が自分に覆い被《かぶ》さっているのはわかった。その脇坂の上に柱……いや、梁《はり》か。

天井から崩れ落ちた梁が……燃える梁が、載っていた。

刑事たちが、駆け寄ってくる。

梁がどかされる。火の粉が舞う。

どうしてか、時間がゆっくりに感じられた。映画によくこんな演出がある。突然スローモーションになるあれだ。なぜ自分にそれが起きているのか、伊織にはわからない。現実逃避の一種なのだろうか。なんらかの危機を感じたとき、人は時間の感覚が遅くなるだとか？

何人かの刑事が、脇坂の身体を持ち上げる。

ふわ、と呼吸が楽になる。脇坂はぐったりしていて、髪の毛の一部が燃えていた。

鱗田がなにか怒鳴りながら、それを消そうとしていた。髪の燃えかすが、いまだ仰臥《ぎょうが》したままの伊織に降りかかる。それから、パタパタと、血の雫《しずく》が。

脇坂の目は閉じられているが、唇が微《かす》かに動いた気がする。
せんせい……と、言った？
その身体が運ばれてしまうと、唐突に視界が拓《ひら》けて冬の夜空になった。
火の粉に混じって、白いものがちらちらと降りてくる。
目の端に落ちる。冷たい。溶けて流れる。

ああ、雪だ。

〈参考文献〉
『日本妖怪大事典』水木しげる／画、村上健司／編著（角川書店）

本書は書き下ろしです。
この作品はフィクションです。実在の人物、団体等とは一切関係ありません。

妖琦庵夜話《ようきあんやわ》　顔《かお》のない鵺《ぬえ》
榎田《えだ》ユウリ

角川ホラー文庫　22102

令和２年３月25日　初版発行

発行者———郡司 聡
発　行———株式会社KADOKAWA
〒102-8177　東京都千代田区富士見2-13-3
電話 0570-002-301（ナビダイヤル）
印刷所———株式会社暁印刷
製本所———本間製本株式会社
装幀者———田島照久

●お問い合わせ
https://www.kadokawa.co.jp/ （「お問い合わせ」へお進みください）
※内容によっては、お答えできない場合があります。
※サポートは日本国内のみとさせていただきます。
※Japanese text only

ISBN978-4-04-109125-8　C0193

角川文庫発刊に際して

角川源義

第二次世界大戦の敗北は、軍事力の敗北であった以上に、私たちの若い文化力の敗退であった。私たちの文化が戦争に対して如何に無力であり、単なるあだ花に過ぎなかったかを、私たちは身を以て体験し痛感した。西洋近代文化の摂取にとって、明治以後八十年の歳月は決して短かすぎたとは言えない。にもかかわらず、近代文化の伝統を確立し、自由な批判と柔軟な良識に富む文化層として自らを形成することに私たちは失敗して来た。そしてこれは、各層への文化の普及滲透を任務とする出版人の責任でもあった。

一九四五年以来、私たちは再び振出しに戻り、第一歩から踏み出すことを余儀なくされた。これは大きな不幸ではあるが、反面、これまでの混沌・未熟・歪曲の中にあった我が国の文化に秩序と確たる基礎を齎らすためには絶好の機会でもある。角川書店は、このような祖国の文化的危機にあたり、微力をも顧みず再建の礎石たるべき抱負と決意とをもって出発したが、ここに創立以来の念願を果すべく角川文庫を発刊する。これまで刊行されたあらゆる全集叢書文庫類の長所と短所とを検討し、古今東西の不朽の典籍を、良心的編集のもとに、廉価に、そして書架にふさわしい美本として、多くのひとびとに提供しようとする。しかし私たちは徒らに百科全書的な知識のジレッタントを作ることを目的とせず、あくまで祖国の文化に秩序と再建への道を示し、この文庫を角川書店の栄ある事業として、今後永久に継続発展せしめ、学芸と教養との殿堂として大成せんことを期したい。多くの読書子の愛情ある忠言と支持とによって、この希望と抱負とを完遂せしめられんことを願う。

一九四九年五月三日

宮廷神官物語 一

榎田ユウリ

何回読んでも面白い、極上アジアン・ファンタジー

聖なる白虎の伝説が残る麗虎国《れいここく》。美貌の宮廷神官・鶏冠《けいかん》は、王命を受け、次の大神官を決めるために必要な「奇蹟の少年」を探している。彼が持つ「慧眼《えげん》」は、人の心の善悪を見抜く力があるという。しかし候補となったのは、山奥育ちのやんちゃな少年、天青《てんせい》。「この子にそんな力が？」と疑いつつ、天青と、彼を守る屈強な青年・曹鉄《そうてつ》と共に、鶏冠は王都への帰還を目指すが……。心震える絆と冒険を描く、著者渾身のアジアン・ファンタジー！

ISBN 978-4-04-106754-3

夏の塩

魚住くんシリーズ I

榎田ユウリ

あの夏、恋を知った。恋愛小説の進化系

普通のサラリーマン、久《く》留《る》米《め》充《みつる》の頭痛の種は、同居中の友人・魚住《うおずみ》真澄《ますみ》だ。誰もが羨む美貌で、男女問わず虜にしてしまう男だが、生活力は皆無。久留米にとっては、ただの迷惑な居候である。けれど、狭くて暑いアパートの一室で顔を合わせているうち、どうも調子が狂いだし……。不幸な生い立ちを背負い、けれど飄々と生きている。そんな魚住真澄に起きる小さな奇跡。生と死、喪失と再生、そして恋を描いた青春群像劇、第一巻。

角川文庫のキャラクター文芸

ISBN 978-4-04-101771-5